KB062347

로크미디어가
유혹하는
재미있는 세상

이것이 법이다

이것이 법이다 142

2022년 8월 5일 초판 1쇄 인쇄
2022년 8월 10일 초판 1쇄 발행

지은이 자카예프
발행인 김정수 강준규

기획 이기헌 왕소현 박경무 강민구 조익현
책임편집 최전경
마케팅지원 이원선

발행처 (주)로크미디어
출판등록 2003년 3월 24일
주소 서울시 마포구 성암로 330 DMC첨단산업센터 318호
Tel (02)3273-5135 편집 070-7863-8592 Fax (02)3273-5134
홈페이지 rokmedia.com E-mail rokmedia@empas.com

ⓒ 자카예프, 2015

값 8,000원

ISBN 979-11-354-7356-2 (142권)
ISBN 979-11-255-9575-5 04810 (세트)

이것이 법이다

142

자카예프 장편소설

로크미디어

CONTENTS

시스템이 문제

노형진은 적이 많은 편이다.

사실 적을 만들지 않고 세상을 바꾼다는 건 불가능하다.

물론 정치인들은 어떻게 해서든 적을 만들지 않으려고 한다.

문제는 그러다 보니 고쳐야 마땅한 것조차 고치지 못하게 된다는 것.

그래서 세상이 개판이 되는 거다.

그에 반해 노형진은 적을 만드는 데 두려움이 없다.

그중 가장 큰 적은 아이러니하게도 법률계다.

법을 집행하던 검찰을 강제로 개혁시키고, 판사들의 모가지를 날려 버리고, 돈 있는 사람들에게만 제대로 된 법률적

지원 서비스를 하던 변호사들을 코너로 몰아붙였으니까.

그러나 그중에서도 가장 많이 감옥으로 보낸 대상은 다름 아닌 경찰이다.

가장 숫자가 많고, 범죄를 조작하거나 은폐하려고 할 때 가장 먼저 움직이는 사람들이니까.

그렇다 보니 경찰과 노형진은 사이가 안 좋을 수밖에 없다.

그래서 노형진은 경찰이 자신에게 의뢰할 거라고는 생각도 못 했다.

물론 개인 자격이라면 얼마든지 가능하다.

개인이 법적 분쟁에 휘말렸다면 이길 가능성이 높은 사람에게 의뢰하는 게 정상이니까.

하지만 이번 일은 개인이 아니었다.

물론 경찰이라는 전체 집단도 아니기는 했지만.

"아동 학대 범죄에 대해 의뢰하겠다고요?"

한수성이라고 자신을 소개한 경찰은 마음을 굳힌 듯 말했다.

"네, 이건 도무지 답이 없어서요. 저뿐만 아니라 아동 관련 사건을 담당하는 경찰들은 모두 동의했습니다. 물론 경기도 경찰청 기준이기는 하지만, 아마 전국 어딜 가도 상황은 똑같지 싶습니다."

노형진은 그 말에 고개를 갸웃했다. 아동 학대 관련 경찰들이 자신에게 사건과 관련해서 의뢰를 한다는 게 이해가 가지 않았으니까.

애초에 그건 그들 담당의 일이 아니던가?

"제가 알기로는 경찰에서 제법 본격적으로 한번 털었는데, 아닌가요?"

노형진이 사건을 한번 크게 키운 적이 있는데, 그때 경찰에서 전수조사를 한다고 설레발을 쳤었다.

"알죠. 그런데 노 변호사님, 그다음에 그 전수조사가 어떻게 되는지는 신경 쓰지 않으셨잖습니까?"

"뭐, 제가 모든 일의 뒤처리까지 일일이 신경 쓸 수는 없지 않습니까?"

노형진이 시간이 넘치는 것도 아닌 데다, 문제 제기를 하면 그걸 해결하는 건 명백하게 정부의 책임이지 노형진이 할 영역은 아니다.

"그거 때문에 저 징계받았습니다."

"징계요?"

노형진은 자신이 잘못 들었나 싶었다.

정부에서 아동 학대에 대해 조사한 끝에 경찰을 징계했다는 게 이해가 가지 않았으니까.

"뭔가 실수하신 게 아니고요?"

"이게 말이죠, 조사하는 것과 그 후에 처벌하는 건 전혀 다른 문제라서요."

"네?"

"사실은 아동 학대가 의심되는 정황이 그때 엄청 나왔습니다."

"하긴, 그랬을 겁니다."

아이를 때리는 것만이 아동 학대인 것은 아니다.

욕하거나, 방치하거나, 상식적인 수준을 넘어서 공부를 시키는 것도 아동 학대다.

가령 부모가 아이를 위한다는 이유로 하루 평균 열여섯 시간을 공부시킨다면, 이건 명백한 아동 학대에 해당된다.

학습 효과도 떨어질 뿐만 아니라 아이가 정서적으로 피폐해지니까.

"그걸 다 기소 의견으로 송치했거든요."

"음, 그건 그래야 정상이지요."

노형진은 고개를 끄덕거렸다. 그게 정상이니까.

"그런데 고소당했습니다."

"네? 고소요?"

"네, 그게 문제더라고요."

사실 생각보다 아동 학대를 하는 사람들은 많다.

그런데 사람들은 아동 학대를 아이를 때리는 것만 생각한다.

사실 대부분의 아동 학대범들은 자신들이 지금 하는 행동이 아동 학대라고 생각하지 않는다.

도리어 아이의 미래를 위해서 자신이 희생하고 있다고 생각한다.

"아동 학대로 기소 의견으로 송치했는데, 그 부모라는 작자들이 저를 직권남용으로 고소하더군요."

"직권남용요?"

"네, 대부분 그랬습니다. 그 당시에 아주 난리였죠? 인터넷에서 아동 학대 범죄자들을 때려죽일 것처럼 굴지 않았습니까? 그런데 그런 분위기, 한 세 달 갔나요? 그놈의 냄비 근성."

"하긴, 냄비 근성이라기보다는 분노의 대상을 잘못 잡은 것에 가깝습니다만."

노형진은 안타깝다는 듯 말했다.

"그런 거라면 분노 대상이 좀 더 폭넓어야 하는데요."

정치가 바뀐다고 뭐가 바뀌느냐, 그게 제일 멍청한 말이다.

화내고 분노해야 하는 대상은 범인뿐만 아니라 범인을 관리하는 책임을 가진 사람도 해당된다.

"물론 경찰이 그 책임자이기는 하지요. 하지만 저희한테 족쇄를 채워 두고 범죄자를 잡으라고 하면 어쩌란 말입니까?"

한수성은 짜증을 내며 말했다.

"일단 아동 학대의 정황이 발견되잖아요? 그러면 주변에서 얼마나 개지랄하는지 아십니까?"

경찰이 아무리 노력해도 모든 아동을 다 보살필 수는 없다.

당연히 아동을 보살펴야 하는 사람들이 있고, 그들에게는 법적으로 아동 학대 의심 정황에 대한 신고 의무가 있다.

가령 유치원 교사나 의사 같은 사람들은 아이에게서 이상한 멍이 발견되거나 하면 바로 경찰에 신고해야 한다.

물론 아이들이 뛰어다니다가 넘어져서 다치는 경우도 많으니 다 신고할 수는 없다.

하지만 아동 학대의 경우는 아이들의 반응도, 다치는 부위도 다르다.

아이들이 뛰다가 넘어졌을 경우 다치는 곳은 얼굴이나 이마 정도일 뿐, 팔다리에 멍이 드는 경우는 드물다.

하지만 아동 학대의 경우는 팔다리에 멍이 드는 경우가 많고, 심지어 어른이 접근하면 몸을 보호하려고 본능적으로 움츠러들기도 한다.

체구가 작다 보니 팔과 다리를 붙잡고 마구 흔들어서 멍이 드는 것이기 때문이다.

"저도 그런 경우 많이 봤지요. 그런데 그게 어떤 순서로 이루어지는지 아십니까?"

"어떻게 이루어지는데요?"

"어린이집 교사 같은 경우는 100% 잘립니다."

아이를 두들겨 패는 인간이 멀쩡한 인간일 리가 없다.

그들은 자신을 신고했다고 유치원이나 어린이집에 보복한다.

"문제는, 그런 경우는 학대자가 높은 확률로 학부모란 말이죠."

그렇다 보니 주변에는 학부모의 클레임으로 보이는 경우가 대부분이라는 것.

그렇게 매일같이 찾아와서 지랄 발광을 해 대니 유치원에서 신고한 선생님을 잘라 버리고 신고를 철회하는 경우가 많다고 한다.

"신고자가 의사인 경우는 맘 카페를 이용합니다. 거기 의사 선생이 없는 죄를 만들어서 부모에게 뒤집어씌운다고, 맘카페나 인터넷에서 씹어 대는 거죠."

그런 경우 작은 병원은 경제적 타격이 아주 심하게 오기 때문에 거의 신고하지 않는다고 한다.

어차피 의무 사항이라고 해도 학대 사실을 신고하지 않았을 때 받는 처벌은 거의 없다시피 한 데다 조사 과정에서 자기는 몰랐다고 하면 그만이니까.

'하긴, 그건 사실이기는 하지.'

실제로 대부분의 아동 학대 신고는 대형 병원의 응급실이나 소아과를 통해 들어온다.

응급실은 그런 맘 카페에서 떠들어도 타격을 받지 않기 때문이다.

그리고 대형 병원의 아이들을 담당하는 소아과는, 애초에 애들을 그딴 식으로 때리는 놈들이 애를 데려오지 않기 때문에 신고가 들어올 일이 없다.

그들 스스로도 아는 거다, 자신들이 신고당할 가능성이 있다는 걸.

"그게 끝이 아니에요. 경찰이 조사하면, 거기에서부터 별의별 지랄을 다 합니다."

다짜고짜 일단 업무상배임이나 직권남용으로 고소하는 등 별의별 짓을 다 한다고 한다.

"그러면 경찰에서는 절 편들어 줄 것 같죠? 칼같이 손절합니다."

가족? 팔은 안으로 굽는다?

그건 어디까지나 경찰이 범죄를 저질렀을 때의 이야기다.

자기들끼리 나눠 먹었으니, 그때는 한 명이 당하면 다 당하니까 가족이니 뭐니 하면서 서로 실드를 치는 것이다.

하지만 누군가 제대로 일했는데 그로 인해 자신이 피해를 입을 것 같다? 그러면 바로 손절을 한다.

"애가 맞은 흔적이 너무 명확하더라고요. 조사 결과도 아무리 봐도 아동 학대고."

당연히 기소 의견으로 송치했는데, 한수성은 독직과 직권남용으로 정직 4개월을 받았다고 한다.

그것도 모자라서 민사소송으로 무려 3천만 원이나 손해배상을 해 줘야 했다는 거다.

"이게 문제는, 대부분의 아동 학대 관련 사건에서는 당연한 패턴이라는 겁니다. 방어할 방법이 없어요."

아동 학대의 경우에는 아이들이 철저하게 부모의 편을 들어 줄 수밖에 없다.

당연히 사건을 수사하기 위해서는 아동을 부모에게서 분리하고 전문가의 케어를 통해 진실을 알아내야 한다.

'대한민국 경찰이 그럴 리가 없지.'

외부 전문가를 데리고 오면 나라가 망하는 줄 알고 게거품을 무는 게 대한민국 경찰이다.

외부 전문가가 오면 경찰 내부에서 제대로 하지 않은 수사나 은폐한 사건이 드러날 가능성이 높아지기 때문이다.

당연히 내부에서 쉬쉬하면서 알아서 하라고 하는데, 가해자들이 이런 식으로 불만을 제기하면 자기 인사고과에 영향이 미칠까 봐 경찰들은 벌벌 떤다.

"그러면 그 애는 어떻게 되었나요?"

"얼마 전에 자살했습니다."

"자살요?"

"네. 내가 기가 막혀서 진짜."

학대의 정황이 너무나 명백했기 때문에 아무래도 문제가 될 것 같아서 한수성은 아이와 계속 연락을 주고받았다고 한다.

그러자 이를 알게 된 부모라는 작자들이 재판부에서 접근 금지 명령을 받아 내서, 더 이상 근황을 알 수가 없게 되었다.

"그리고 아이는 중학생이 되고 나서 얼마 지나지 않아서 자살했습니다."

중학생이 되자 아이는 스스로 어느 정도 선택할 수 있는 정신적 성장을 이루었을 것이다.

하지만 그렇게 학대받은 아이에게 선택할 수 있는 길이 뭐가 있을까?

'확실히 미래에도 이런 사건이 있었지?'

한국은 부모의 권한을 폭넓게 인정한다.

미국 같은 경우는 부모가 실수로라도 아이를 차에 혼자 두면 일단 부모에게서 분리하고 조사한 후에 아이를 돌려보내는 데 반해, 한국 경찰은 부모가 우선시되며 아이의 인권이나 보호는 후순위에 둔다.

경찰이 문제라기보다는 시스템 자체가 그렇게 되어 있다.

"그래서 제가 화나서 찾아온 겁니다. 이대로라면 얼마나 많은 애들이 죽겠습니까?"

"큰 결심 하셨네요. 저를 찾아오신 이상 경찰에서 보복할 텐데요."

이건 필연적으로 시스템을 건드릴 수밖에 없는 문제다.

그런데 이 시스템을 건드리는 것은 윗선이 가장 싫어하는 행위다.

당연히 한수성에게 그들이 보복할 것은 뻔한 일.

"안 그래도 그래서 제가 총대를 메고 온 겁니다. 더러워서 그만두려고요."

"경찰을요?"

"네. 하지만 그 소송 당사자 자격이라는 게 있지 않습니까?"

"하긴, 그렇지요."

경찰을 그만두면 사건의 당사자가 될 수가 없다.

외부의 민간인이니까.

"그래서 다른 직원들은 비밀리에 소송비를 지원하고, 제가 총대를 메고 나오기로 했습니다. 소송을 시작하면 어차피 제 모가지는 날아갈 테니까요."

노형진은 그 말에 쓰게 웃었다.

'하여간 아무리 고쳐도 답이 없다니까.'

내부의 범죄를 막을 수 있는 수많은 시스템을 만들었지만 여전히 내부는 개판이다.

더군다나 이건 범죄를 저지르거나 하는 게 아니다.

다만 공무원의 전형적인 복지부동일 뿐이다.

"더군다나 수사 매뉴얼도 개판입니다. 지금 경찰 아동 학대 수사 매뉴얼이 어떤지 아십니까?"

"아니요. 어떤데요?"

"어떤 방식으로든, 때리면 무조건 처벌 대상입니다."

소위 말하는 사랑의 매 또는 엄마의 등짝 스매싱 같은 것도 무조건 처벌 대상이다.

그리고 다른 집의 자식과 비교하는 것도, 심지어 소리를 지르거나 밀치거나 쥐고 흔드는 행위도 처벌 대상이란다.

"뭔 개소리랍니까? 그게 가능해요?"

"그러니까 전형적인 탁상행정이라니까요."

일단 사랑의 매의 효과나 훈육에 대해서는 사람마다 다르지만, 이런 식이면 어떠한 훈육도 불가능하다.

법률적인 훈육? 미성년자는 사람을 죽여도 감옥에 가지 않는데 과연 훈육이 가능할까?

"더 웃긴 건, 매뉴얼로 아예 법을 지키지 말래요."

아동 학대를 담당하는 경찰들이 이런 문제에 대해 항의하지 않은 것이 아니다.

그러자 경찰 상부에서 내려온 매뉴얼은, 그 사람을 조사해서 여죄를 추궁해 처벌하라는 것이었다고 한다.

"미친 거 아닙니까?"

그건 명백하게 현행법 위반이다.

변호사가 거기에 끼어들어서 싸우기 시작하면 풀려날 수밖에 없는 구조인 것이다.

물론 노형진 같은 외부 사람은 공권력이 아니기에 그런 걸 고발한다고 해도 그 범죄 사실의 성립 여부에 영향은 없지만, 경찰이나 검찰이 하는 건 전혀 다른 문제다.

"게다가 뭐라고 했는지 아십니까? 범죄자가 죄를 시인해도 무조건 구속으로 몰고 가랍니다."

"그걸 왜 경찰이 판단해요?"

물론 가해하는 부모와 피해 아동을 격리하는 것은 당연한 절차다.

하지만 현실적으로 구속 여부는 법원에서 결정할 문제다.

그런데 가해 부모가 죄를 인정하는 상황이라면, 일반적으로 법원에서는 구속이 나오지 않는다.

일단 구속은 처벌이 아니라 신병의 확보가 목적이니까.

당연히 죄를 인정하고, 도주나 증거인멸의 가능성이 없다면 구속되지 않는다.

그런 사람을 구속시키라고 한다는 건 결국 사건을 조작해서 올리라는 소리다.

결과적으로 자신의 잘못을 알고 반성하고 시인하는 사람은 처벌이 강해지고, 반성하지 않고 역으로 반격하는 사람은 처벌을 안 받는 괴상한 규정이었다.

"그렇게 해서 올렸다가 걸리면 또 저희 같은 일선 경찰의 모가지만 날아가겠지요."

경찰청의 처리 규정에 따라서 사건을 조작하거나 월권을 했다가 걸리면 규정을 지킨 죄로 처벌받고 손절당하고, 그게 위법 사항이라고 안 지키면 위에서 뭐라고 하면서 또 인사고 과가 깎이며 온갖 불이익은 다 당하는 게 현재 아동 학대 관련 경찰들의 현실이라는 거다.

결국 뭘 해도 아동 학대 담당 경찰들은 처벌을 피할 수 없는 상황이 되어 버린 것.

"이게 뭔 뫼비우스의띠도 아니고."

제대로 된 시스템을 만들어야 하는데 그게 불가능하다는 거다.

"저희가 원하는 건 시스템 자체를 뜯어고치는 겁니다. 하다못해 이 상황에서 저희가 할 수 있는 거라도 찾아 달라는 겁니다."

"그래야 할 것 같네요."

한수성의 말에 동의하며 노형진은 심각한 표정을 지었다.

이건 아무리 봐도 고쳐야 할 문제였다.

⚖️

"쉽지 않지."

노형진이 가장 먼저 생각한 방법은 다름 아닌 정치적인 방법이었다.

사실 해결 자체가 어려운 건 아니다.

시스템의 근간이 되는 법에 문제가 있는 것이니 법을 만드는 국회의원들이 나서게 하면 된다.

"쉽지 않다고요? 제가 만들고자 하는 법이 크게 잘못되진 않은 것 같은데요."

법을 만들기 위해서는 국회의원의 도움이 절대적이다.

노형진이 무리한 법을 요구하는 것도 아니다.

그저 아동 학대에 대한 경찰의 권한을 어느 정도 인정하고, 아동 학대와 관련된 업무상 행위에 대해서는 경찰 차원에서 변호사를 비롯한 법률적 지원을 해 달라는 것뿐이다.

아무리 노형진이라고 해도 뜬금없이 '학대한 부모를 죽입시다.'라고 할 수는 없다.

하지만 아동 학대 관련 업무를 수행하는 사람들의 안전을 확실하게 보장해 주는 것은 가능한 일이다.

외부의 압력에 굴하지 않게 해 주기 위해 말이다.

"물론 자네가 이야기한 건 상당히 합리적인 의견이지. 하지만 애석하게도 현재로서는 그 법이 통과될 가능성이 높지 않네."

"그게 무슨 말입니까? 그게 왜 통과가 안 돼요?"

"지금 자유신민당에서는 반대를 위한 반대를 하고 있거든."

"아……."

사실 노형진은 쿠데타가 터졌을 때 자유신민당의 세력이

확 줄어들 거라 생각했다.

하지만 선거에서 그건 불가능하다는 게 드러났다.

도리어 위험을 느낀 보수 세력이 결집해서 필사적으로 투표하는 바람에, 자유신민당이 정권을 잃어버리기는 했지만 민주수호당이 절대적 다수가 되는 것은 막았기 때문이다.

"그래도 과반은 하지 않았습니까?"

노형진은 고개를 갸웃하면서 물었다.

민주수호당이 법을 통과시킬 수 있는 숫자를 아슬아슬하게 채운 건 사실이니까.

"그게…… 창피한 문제인데…… 변절자들이 나타나고 있네."

"변절요?"

"그래. 권력이라는 건 결국 중독이지 않나. 그리고 현재 민주수호당은 개혁파가 권력을 잡고 있고."

노형진은 그 말에 눈을 찌푸렸다. 어디서 많이 본 상황이었으니까.

"기존에 권력을 가지고 있던 다수의 민주수호당 인사들이 개혁 관련 법안에 대해 결사반대를 하고 있네."

"돌겠네요. 스파이는 아니랍니까?"

"스파이였다면 차라리 속이라도 편하지. 하지만 아니야."

스파이라면 몰아내면 그만이지만 이들은 스파이도 아니다.

오로지 기존의 이권을 지키기 위해 혈안이 된 자들이다.

"얼마 전에 국회의원 국민소환제가 투표에 부쳐진 거 알지?"

"알죠."

대한민국은 국회의원이 되면 어떠한 경우에도 자를 수가 없다.

매국을 해도, 외국에 정보를 팔아넘겨도, 심지어 사람을 죽여도 국회의원이라는 직책 자체를 빼앗을 방법은 없다.

그래서 선거철에만 고개를 숙이고 선거가 끝나면 국민들을 자기 노예로 취급하는 놈들이 넘쳐 난다.

그걸 막기 위해 필요한 것이 바로 국민소환제다.

즉, 지역구의 주민들이 투표를 통해 해당 국회의원을 자를 수 있게 하자는 것.

그건 민주주의의 가장 기본이 되는 권리 중 하나여야 한다.

하지만 한국에서는 인정되지 않는 권리다.

"그거 어떻게 되었는지 아나? 우리 민주수호당 의원 3분의 2가 반대표를 던졌네."

"이해가 안 가는군요. 그건 당론으로 정한 거 아니었습니까? 더군다나 언론에 그걸 어떻게 해서든 통과시키겠다고 말하지 않았습니까?"

"광대인 의원 말하는 거지?"

"네, 그 사람이 기자회견장에서 국민소환제야말로 대한민국 민주주의의 보루라고 하지 않았던가요?"

"그 인간, 반대표를 던졌네."

그 말에 노형진은 눈을 찡그렸다. 방송에 나와서 자기는 찬성한다고 해 놓고 반대표라…….

"지금 당 내부의 꼴이 그래. 소속은 우리 민주수호당이지만 권력을 지키려고 개혁을 반대하는 사람들이 너무 많아. 애초에 정치라는 게 권력이 있고 돈이 있는 사람이 하는 놀음인 건 알고 있었지만 말이지."

고개를 절레절레 흔드는 송정한을 보니 아무래도 내부의 문제가 생각보다 심각한 모양이었다.

"이건 권력하고 아무런 관련도 없지 않습니까?"

불쌍한 아이들을 지키고자 하는 거지 권력 문제가 아니다.

이게 통과된다고 해서 그들의 권력에 피해가 가는 건 전혀 없다.

"뭐, 그런 법이 한두 개인가? 하지만 지금 저쪽에서는 표결 자체를 거부하고 있으니까. 표결 문제만이 아니지. 사실상 지금 국회는 완전히 식물 국회야."

"돌아 버리겠군요."

법을 만드는 것은 단순히 발의하는 것만으로 끝나지 않는다.

일단 법을 만들면 법사위에서 통과 여부를 판단한 다음 어느 정도 가다듬은 후에 국회에서 표결에 들어가야 한다.

그런데 표결에 부쳐지기는커녕 법사위에서 통과도 시켜 주지 않는다면 긴급한 법이 통과될 수가 없다.

"긴급한 법을 인질로 삼는 거야 하루 이틀 문제가 아니지 않나?"

법을 국민들을 위한 것이 아니라 자기들의 거래물로 생각하는 국회의원들이 있다. '이 법을 포기하면 저 법은 통과시켜 주마.' 같은 식으로 말이다.

그런데 만일 거래가 안 될 때는?

'국회 자체를 정지시켜 버리지.'

"지금이 딱 그 상황이야. 솔직히 당장 필요한 법이 어디 한두 개인가? 자네도 알다시피 법이 범죄를 따라가지 못하는 게 아니야. 정치인이 따라가지 못하는 거지."

새로운 스타일의 범죄가 생겨나면 그에 따라 새로운 법이 만들어져야 한다.

그런데 그 법은 대부분 만들어지지 않는다.

법을 만들어서 안건으로 올렸을 때 정치적 대립이 없다면 무난하게 통과되지만, 대립이 있다면 통과가 10년 뒤에 될지 20년 뒤에 될지 알 수가 없다.

게다가 그마저도 국회의원이 계속 관심을 가지고 밀어붙일 때에나 가능하다.

국회 회기가 끝날 때까지 통과되지 못한 법은 자동으로 폐기되는데, 그러면 그 법을 발의한 국회의원은 다음 회기에 그 법을 통과시키기 위해 처음부터 다시 같은 일을 해야 한다.

법률의 내용을 정하고, 같이 발의할 국회의원들을 설득하고, 그렇게 해서 발의되면 법사위를 통과해야 하며, 그 후에 다시 국회에서 표결에 부친다.

문제는 그게 실적이 안 된다는 거다.

오히려 이슈가 될 때만 법을 살짝 바꿔서 발의하는 식으로 여러 개의 법을 발의한다면 사람들에게 다수의 법을 발의한 성실한 의원으로 보인다.

그렇다 보니 대부분의 정치인은 진짜 절실하게 만들어야 하는 법에 집중하는 게 아니라 새로운 법으로 이름을 바꿔 가면서 계속 내거는 걸 선호한다.

그러다 보니 쓸데없는 법만 늘어나고 정작 필요한 법은 만들어지지 않는 악순환이 되는 거다.

"아마 내가 어떻게 설득해서 자네가 말한 법을 밀어 넣는다고 해도 이번 회기 중에 그게 통과될 가능성은 없다고 봐야 하네."

"흠……."

"물론 하지 않는 건 아니야. 내가 보기에도 고쳐야 하는 법인 건 맞아. 모든 인간이 다 멀쩡한 건 아니니까."

누군가는 모든 인간은 평등하다고 이야기하는데, 사회생

활을 조금만 해 보면 미친놈은 미친놈일 뿐이라는 걸 깨닫게 된다.

'신이 모든 곳에 있을 수 없어서 어머니를 만들었다.'라는 말은 참으로 감미롭고 아름답지만, 의외로 자식의 인생을 망치려고 하는 부모들이 많다는 점에서 예쁜 시적 언어 이상의 의미가 없다는 것이 문제다.

"단시간 내에 어떻게 해서든 방법을 찾아야 한다 이거군요."

"그래야 할 거야. 자네도 알다시피 쿠데타 이후로 분위기가 극단적 대립 양상으로 변화해 가고 있지 않나? 당 내부에서도 미래를 볼 수 없으니 슬금슬금 쿠데타 세력에게 손을 내밀어야 한다는 이야기가 나오고 있고. 심지어 외부에 말이 새어 나가진 않았지만 홍안수의 사면을 주장하는 의원도 있네."

"미친 겁니까?"

그는 쿠데타를 통해 국가를 전복하려고 했다.

그런데 그런 그를 사면?

"뭐, 말로는 국민 대통합이라고 하는데 그런 게 아니라는 건 알지 않나? 아무리 그래도 다음 선거에서 우리가 이길 가능성이 높다는 건 사실이니까."

아무리 대한민국 국민들이 냄비 취급을 받는다고 해도 다른 것도 아닌 쿠데타다.

10년 후라면 모르지만 그래도 다음 대선에서는 이쪽에서 대통령이 나올 가능성이 크다.

"그런데 표가 부족한 사람들이 있지."

쟁쟁한 사람들이 넘쳐 나서 그 누구도 압도적인 1위를 차지하지 못한다.

그렇다면 부족한 표를 어디서 가지고 올까?

자신이 조금만 더 표를 긁어모으면 대통령이 될 것 같다는 생각을 하게 된다면 어떻게 될까?

"쿠데타 세력에게 잘 보여서 그들의 표를 가지고 오겠다 이거군요."

"그래, 솔직히 내 쪽에서도 그런 이야기가 나오고 있고. 물론 헛소리하지 말라고 선을 그었지만 말이지. 어찌 되었건 현 상황에서는 물러날 코너조차도 없네."

"그 말씀은, 대통령 선거에 출마하기로 마음을 굳히신 겁니까?"

그 말에 송정한은 굳은 얼굴로 고개를 끄덕거렸다.

사실 대선 후보로 밀어주는 라인이 생기기는 했지만 송정한은 그래도 오랜 시간 고민했다.

자신은 유명한 다선 의원도 아니니까.

"하지만 요즘 벌어지는 꼴을 보니 답이 나오더군. 아직 대한민국은 피를 봐야 하는 시점이야. 하지만 대한민국의 대부분의 정치인들은 피를 보기보다는 정치적 타협을 통해 자기들의 이득만을 챙기려고 하지. 여기서 주저앉는다면 시작하지 않느니만 못하게 될 걸세."

어설프게 손댄 개혁이 부패 세력을 자극했으니, 만약 부패 세력이 다시 돌아온다면 한번 당한 기억이 있는 이상 무슨 수를 써서라도 개혁 세력을 죽이려고 할 것이다.

"최악의 경우 암살이 이루어질 수도 있겠지."

"암살이라……."

"불가능한 건 아니지 않나? 다른 나라에서는 흔하게 벌어지는 일이야. 그리고 암살이 벌어지기 시작해도 검찰과 법원에서 제대로 수사할 거라 생각하기는 힘들고."

"하긴, 그건 그렇지요."

개혁은 단시간 안에 이루어지지 않는다.

부패 세력이 과연 겨우 5년 만에 사라질까?

북한처럼 수틀리면 숙청하는 방식이 아니라 평화적인 교체로 해결하려 한다면 못해도 10년, 안정적으로 하려면 20년이라는 긴 시간이 필요하다.

"어찌 되었건 당장 법을 통과시키는 건 불가능하네."

다른 사람도 아니고 현직 국회의원인 송정한의 말이라면 확실할 것이다.

"그러면 다른 방법을 써야 하나요?"

아무리 국회의원들이 서로 싸운다고 해도 1년씩 국회를 정지시키고 싸울 수는 없다.

그리고 송정한의 성격상 한번 한다고 결심한 것은 하니까.

회기가 끝난다고 해서 그 사실을 잊어버리지는 않을 것이다.

'하지만 그걸 그냥 둘 수도 없고.'

노형진은 고민할 수밖에 없었다.

그럴 수밖에 없는 게, 이건 시스템의 문제이고 노형진은 변호사다.

'내가 아무리 잘났다고 해도 시스템적인 부분에 관해서는 한계가 있어.'

물론 고소당한 담당 경찰에게 법률적인 지원을 해 줄 수는 있다. 하지만 딱 거기까지가 한계다.

"그 전에 한 것처럼 각 지역장에게 말해서 분리하는 건 불가능하겠지요?"

"아무래도 불가능하겠지."

검사나 각 지역의 자치단체장은 비상시 자식을 부모에게서 분리해서 보호하게 할 수 있는 보호권을 발동할 수 있다.

하지만 그것도 섣불리 할 수가 없다.

일단 한국에서 부모와 자식을 떼어 놓는 건 역풍을 심각하게 맞을 수 있는 일이기 때문이다.

만일 그런 행동을 했다가 나중에 역풍을 맞는다면 그 타격은 이루 말할 수 없을 것이다.

"그리고 그때는 아이들이 자기 의견을 표명할 정도는 될 겁니다."

하지만 지금은 그게 안 된다.

대부분의 아동 학대는 출생 직후 또는 입양 직후부터 시작된다.

"하긴, 그 나이 때의 아이들에게는 부모가 세상의 전부지."

최소한 초등학교를 졸업할 때까지 부모는 대부분의 아이에게 세상에서 가장 중요한 사람이다.

그래서 설사 외부에서 학대 사실을 알았다고 해도 정작 피해자인 아동이 부정하는 경우가 무척이나 많다.

"그런 걸 무리해서 자치단체의 장이 분리하면 표가 떨어질 테니까요."

"때로는 그런 게 지긋지긋하군. 올바른 일을 하는 것도 표 생각하면서 판단해야 한다니."

송정한은 쓰게 웃으며 중얼거렸다.

"정치라……."

노형진은 고민하다가 빙긋 웃었다.

"결심을 굳히신 거라고 하면 슬슬 대선 행보를 하시는 게 어떻습니까?"

"대선 행보? 선거운동을 하라는 말인가? 그건 불법 아닌가?"

"물론 선거운동은 불법이지요. 하지만 눈 가리고 아웅 하는 게 뭐 하루 이틀 일은 아니지 않습니까? 솔직히 말하면 누가 그 법 지키는 사람 있습니까? 애초에 법 자체가 병신인데."

사전 선거운동은 불법이다.

하지만 자기 입으로 선거에 나가겠다는 말만 안 하면 합법이다.

대표적인 예가 바로 모 서울시장이었다.

그는 대통령이 되고자 하는 마음이 지나친 나머지 대통령 선거까지 2년이나 남았음에도 불구하고 서울 시내의 행정 시스템을 대국민 행정 지원이 아닌 대통령 선거 지원 형태로 구성해 놨었다.

그리고 업무도 대권 행보로만 보이는 전형적인 것만 했다.

서울시장인데 서울시장 업무는 내팽개치고 오로지 홍보성 업무만 하다시피 한 것이다.

그런데 정작 본인은 단 한 번도 선거에 나간다고 한 적이 없다.

사실 이건 그만의 잘못은 아니다.

한국의 법 시스템이 워낙 개판이라, 자기 입으로 대권에 나간다는 말만 하지 않으면 뭔 짓을 해도 상관없으니까.

심지어 주변에서 대권 후보라고 물고 빨아 주고 대권 후보로 지지율 조사에 이름이 올라가도 본인이 그에 대해 아무런 말도 하지 않으면 사전 선거운동을 한 것으로 치지 않는다.

"전에도 한번 비슷하게 나서신 적이 있지 않습니까?"

"그건 그렇지."

송정한은 고개를 끄덕거렸다.

다만 그때는 송정한이 직접 나섰다기보다는 다른 사람들이 그를 추천했고, 그는 여지를 두는 정도로 받아들인 것이었다.

'하지만 본격적으로 나선다면 제대로 해야지.'

본격적으로 후보로 나설 거라면 가능하면 유명해지는 게 좋다.

송정한은 바른 사람이고 또 세상을 바꾸고자 하자는 의지는 강력하다. 하지만 지명도 면에서는 다른 사람들보다 훨씬 불리한 것 또한 사실이다.

"이참에 선거를 시작하도록 하죠."

"선거? 하지만 무슨 수로 말인가?"

"이번 사건을 대표님이 해결하시는 겁니다."

"뭐? 잠깐, 그게 무슨 말인가? 나보고 해결하라니? 나는 국회의원인데?"

그 말에 노형진은 고개를 끄덕거렸다.

"그리고 동시에 변호사이시기도 하죠. 국회의원의 겸직 금지 조항에 위반되지 않습니다."

국회의원의 겸직 금지 조항에는 기업이나 단체의 임직원

인 경우 관련이 있는 상임위원회에 들어가지 못하도록 되어 있다.

그리고 당선 전에 직을 가지고 있었거나 임기 개시 후에 취임한 경우는 15일 이내에 서면 신고해야 한다고 되어 있다.

"하지만 변호사는 엄밀하게 말하면 개인 사업자입니다. 안 그런가요?"

"그건 그렇지."

송정한이 한때 새론의 대표 변호사였다지만 지금은 법률적인 중립을 위해 사임한 상황이다.

"하지만 대표 변호사를 그만뒀다고 변호사 자격도 잃은 건 아닙니다."

사실 변호사 자격은 그대로지만 수임하지 않는 것뿐이다.

현실적으로 본다면 현직 국회의원인 변호사가 사건을 수임하는 행위 자체가 재판부에 어마어마한 압력으로 작용될 수 있기 때문이다.

"하지만 이런 사건은 좀 다르지 않을까 싶네요."

"자세하게 이야기해 보게."

"이 사건은 의뢰인이 개인이기는 하지만 동시에 경찰입니다. 그리고 사건의 가해자도 절대 사람들에게 동정을 사거나 법률적인 보호를 받을 수 있는 입장이 아니죠. 그러니 도리어 이 사건을 대표님이 받으신다면 어떻게 될까요? 아마 언

이것이 법이다

론에서는 난리가 날 겁니다."

"이슈화라……. 하긴, 정치인들이 가장 좋아하는 게 그거지."

법이 아니라 정치인이 느리다는 게 여기서 드러난다. 사건이 이슈화되면 진짜 번개같이 법을 만드니까.

대표적인 예가 바로 민석이법이다.

민석이법은 학교 보호구역 내에서 발생하는 학생들의 사고를 가중처벌하는 법이다.

그 회귀 전 민석이라고 불리는 아이가 죽자 국민들의 지지를 받아서 급하게 만들어진 것이었다.

'아직 안 나오기는 했지만.'

문제는 이 민석이법이 너무 급하게 만들어서 개판이라는 거다.

학교 주변의 제한속도는 30킬로미터다.

그런데 그 속도를 지키면서 운전하는 와중에 갑자기 학생이 튀어나왔다면?

운전자가 제한속도와 정지선 등 지킬 건 다 지켰어도, 학생이 튀어나와서 부딪치면 그때는 인생 조지는 거다.

'결국 그 법이 만들어지고 말이 많았지.'

그도 그럴 것이, 차의 측면으로 튀어나와서 몸으로 들이받거나 천천히 달리는 차량을 따라가서 뒤에 부딪치고 도망가는 민석이법 놀이라는 게 생겼으니까.

물론 그건 말이 놀이일 뿐이지 사실상 아동을 이용한 자해 공갈이었다.

실제로 사고가 나면 부모들이 민석이법 운운하면서 돈을 갈취하는 사건이 엄청나게 많았다.

더 웃긴 건, 법이 얼마나 졸속인지 자동차는 해당되지만 대형 중기계는 해당되지 않는다는 거다.

쉽게 말해서 125cc의 오토바이에 아이가 치이면 운전자는 민석이법에 따라 처벌받지만, 로드롤러나 포클레인 같은 중장비가 아이를 깔아뭉개도 처벌받지 않는다는 거다.

애초에 그런 쓸데없는 법을 만들 필요 없이 안전 구역에 펜스만 쳐 놔도 아이들은 뛰어들지 못한다.

실제로 몇몇 지자체들은 해당 지역에 펜스를 설치해서 사람들의 안전을 확보했다.

그러나 국회의원들은 펜스 설치라는 근본적인 해결책보다는 사건이 화제가 되었으니 터무니없는 법을 만들어서 이슈타 보겠다고 설레발치다가 결국 이상한 악법이 생겨 버린 것이다.

그 법으로 인해 버스 노선이 바뀌고 아동 운송 차량이 학교 주변의 진입을 거부하는 등 황당한 사태가 벌어진다.

필요했을지는 모르나 이슈용으로 만들어진 악법의 폐해였다.

"법은 '머리는 차갑지만 심장은 따뜻하게'라는 게 필수적인 건데 말이지요."

하지만 대한민국의 현재 상황은 머리만 뜨겁고 가슴은 차갑다.

"그렇다고 우리가 바꿀 수는 없으니, 우리가 그걸 이용해서 바꿀 수 있는 위치로 올라가야지요."

"보통은 그런 일이 있으면 그런 걸 쓰지 않으려고 하지 않나?"

"누구 좋으라고요? 누차 말씀드리지만 우리가 더러운 걸 피한다고 해서 더러운 게 저절로 깨끗해지지는 않습니다. 청소하려면 문제를 고칠 수 있는 곳까지 가야지요."

"그건 그렇기는 하지. 그러면 내가 이걸 의뢰받아서 해결하라는 건가?"

"그렇습니다. 아마 이슈가 안 될 수가 없을 겁니다. 그리고 이슈화시키면 그다음은 편하지요."

적 아니면 아군. 언론 플레이를 했을 때 사람들을 포섭하기 편해지는 이유다.

"더군다나 사건 자체도 아동 학대입니다. 적에게 좋은 이미지가 있을 수가 없는 사건이지요. 제가 봐서는 이런 사건을 계속하시면서 인지도를 올리는 게 좋을 것 같습니다."

"자네도 많이 바뀌었구먼."

송정한은 왠지 씁쓸하게 말했다.

"자네는 과거에는 정치와 거리를 두려고 하지 않았나?"

"그랬지요. 하지만 답이 없잖습니까? 결국 근본을 고쳐야 하니까요."

노형진은 가능하면 정치와 거리를 두고, 정치인들과 엮이는 걸 싫어했다. 하지만 현실을 고칠수록 그는 한 가지 사실을 깨달을 수밖에 없었다.

정치를 고치지 않으면, 그리고 시스템을 고치지 않으면 자신이 아무리 이겨도 바뀌는 것은 없다는 것을.

실제로 지폐의 디자인을 바꾸는 아주 간단한 조치만으로 대한민국의 자금 흐름이 달라져 버렸다.

은행에 예치금이 평균 20% 이상 늘어나고 세수는 몇조가 더 걷혔다.

"하려면 확실하게 해야지요."

"그건 그렇기는 한데 말이야. 솔직히 내가 사건을 담당한다고 해서 바뀌는 건 없을 것 같네만. 나는 사건을 담당하는 순간 국회의원이 아니라 변호사일 뿐이네."

만일 국회의원의 힘을 이용해서 사건을 해결하려고 한다면 심각한 월권이 될 테니까.

"압니다. 그러니까 사건을 알리기 위한 도구로 나서셔야지요."

"도구? 국회의원 신분을 도구로 쓰라고?"

"국회의원이라고 한들 뭐가 다릅니까?"

"아니, 그건 아니긴 하지."

현대사회에서 국회의원은 권력의 갑이지만, 사실 그저 국민이 뽑은 대리인 중 한 명일 뿐이다.

그들이 특별한 신분이 되었다는 것부터가 민주주의가 제대로 작동하지 않는 증거라고 해도 무방하다.

"하지만 내가 나서서 이걸 해결해야 한다고 주장한다고 해도 사람들은 관심이 없을 거야, 자네도 알겠지만 말이지. 현실적으로는 국회의원도 사람들의 관심 밖의 대상이니."

그것도 틀린 말은 아니다.

정확하게는 국회의원이 뭔 짓을 해도 견제할 방법이 없기에 국민들이 신경을 쓰지 않게 된 것이다.

"물론 그렇지요. 하지만 다른 사람도 아닌 송 대표님 아니십니까? 있는 힘도 못 쓰면 그것도 병신이지요. 그런 의미에서 유튭 하실 생각 없습니까?"

"유튭?"

그 말에 송정한은 고개를 갸웃했다.

물론 유튭을 그가 몰라서 물어보는 게 아니다. 그 또한 다른 정치인들처럼 유튭을 하고 있으니까.

"하지만 대부분의 유튭은 정치적 목적으로 홍보하기 위해 만드는 거 아닙니까?"

"하긴, 그건 그렇지."

고개를 끄덕거리는 송정한.

유튭은 사실 정치하는 대부분의 사람들에게는 아무래도

거리가 있고 어려운 대상이다.

그래서 대부분은 그들의 정치적 업적 같은 걸 홍보하는 채널로 전담 직원에 의해 관리된다.

"하지만 그걸 보는 사람은 거의 없지 않습니까?"

"그건 그렇지. 솔직히 나는 구독자가 삼백 명도 안 된다네. 다른 국회의원들은 막 100만 명이 넘어가던데, 난 말재주가 없어서 그런가."

"그건 아닐 겁니다. 아마 그 구독자들은 국회의원들이 돈을 주고 산 걸 겁니다."

"뭐? 그걸 산다고?"

"네. 제가 듣기로는 100만 구독을 맞춰 주는 조건으로 3천만 원인가 받는다고 하더군요."

"허."

그 말을 들은 송정한은 기가 막힌다는 표정이 되었다.

"아, 이거 한번 감사해 보세요."

"뜬금없이 감사라니? 그걸 왜?"

"생각보다 국가 단체에서 구독자를 사는 경우가 많거든요."

"뭐?"

그 말에 송정한은 몰랐다는 표정이 되었다.

그럴 수밖에 없는 게, 그 돈을 개인이 낼 것 같지는 않았으니까.

"국가 단체나 사회단체에서 캠페인이니 뭐니 많이 하지 않습니까? 특히 요즘은 뭐만 하면 유튭을 통해 홍보하니까요."

그런데 문제는, 그렇게 한다고 해서 국민들이 관심을 가지지는 않는다는 것이다.

실제로 모 단체에서 유튭에 자기네 홍보를 올렸는데 그 조회 수가 백 단위도 안 나왔다.

그 정도면 자기네 직원도 그걸 보지 않았다는 뜻이다.

"문제는, 영상을 만들어서 올렸는데 조회 수가 그것밖에 나오지 않으면 징계 사유가 되거든요."

"설마?"

"맞습니다. 그러니까 징계를 피하려고 구독자를 사는 거죠."

동시에 돈을 빼돌리는 걸 감출 수 있으니까.

"상식적으로 콘텐츠가 매일같이 올라오는 사람도 구독자 100만을 모으기가 힘든데, 그걸 정부 채널이 한다는 것 자체가 비정상적인 거죠."

콘텐츠가 재미있는 것도, 그렇다고 해서 매일같이 올라오는 것도 아닌데 구독자가 100만?

"사실 구독자는 보고를 위한 일종의 속임수인 거죠. 중요한 건 구독자가 아니라 재생 횟수니까요."

구독자야 계정만 있으면 얼마든지 조작이 가능하지만 재

생 횟수는 조작이 거의 불가능하다.

재생 횟수를 충족하기 위해서는 유튭에서 정한 시간 이상 영상을 봐야 하는데, 보통 영상이 아무리 짧아도 10분 내외인지라 그만큼 재생하려면 여러 개의 핸드폰이나 영상으로 다중 계정을 끊임없이 돌려야 하니까.

"나중에 한번 제대로 털어 볼 만한 소스군. 그나저나 나보고 유튭을 하라니, 설마 이번 사건을 중계하자 이건가?"

그 말에 노형진은 고개를 끄덕거렸다.

"의뢰인은 경찰입니다. 그리고 사실상 이 문제에 대한 사회적 책임은 시스템에 있죠. 상대방이 개인이라고 한다면 여러 가지 법적인 책임 문제가 생기겠지만, 시스템이라면 이야기가 달라집니다."

"하긴, 대상이 개인이 아닌 시스템이라면 초상권이니 모욕이니 하는 것이 걸리지 않을 테니까."

송정한은 고개를 끄덕거렸다.

시스템은 법에서도 명예나 모욕에 대한 보호 대상이 아니다.

가령 경찰을 욕할 경우, 어디에 근무하는 누구누구와 같이 직접적으로 개인 정보를 언급하지 않고 짭새 새끼라고만 하는 것은 모욕죄가 되지 않는다.

경찰을 앞에 두고 짭새라고 하는 경우는 특정하는 것으로 판단되어 벌금형을 받은 전례가 있기는 하지만.

"내가 그렇게 모욕할 건 아니니까."

말 그대로 시스템에 대해 물어뜯는 것에 대해서는 문제가 될 리가 없다.

"이런 콘텐츠는 개인이라면 절대 할 수 없는 거죠."

국회의원이기에 할 수 있는 콘텐츠다.

아무리 경찰이 일하기 싫고 방치하고 싶어 한다고 해도, 국회의원을 무시할 수는 없으니까.

"그게 가능할까?"

노형진의 말에 송정한은 고민했다.

"다 좋다 이거야. 자네 말대로 내 국회의원이라는 직업은 사람들에게 강한 힘을 가지고 있으니 사건을 키우고 시스템을 압박하기는 좋겠지. 하지만 그걸 홍보하는 건 전혀 다른 문제가 아닌가?"

송정한은 그게 걱정스러웠다.

"콘셉트만 좋으면 뭐 하나, 홍보를 잘해야지. 이건 자네가 할 수 있는 일은 아니지 않나?"

구독자를 사서 100만 개인 방송인을 만들 수는 있겠지만 그걸로 사회의 관심을 받게끔 만드는 것은 전혀 다른 문제였다.

"물론 저도 압니다. 하지만 그것에 대해 누구보다 잘 어울리는 사람이 있지요. 그 사람이 나선다면 아마 100만은 우습게 나올 겁니다."

"100만이 우습게 나온다고? 아니, 그게 누군데?"

"강수련이 있지 않습니까?"

"강수련? 아, 그랬지! 그 애가 아동 학대의 피해자였지. 그건 전 국민이 다 아는 사실이고."

강수련은 노형진이 과거에 만구파에서 구해 준 아이였다.

그때 강수련이 만구파에 빠진 부모에 의해 강제로 약혼당해 성 노예로 살 뻔한 것을 막고 친권 상실을 시켜 자립할 수 있게 도와줬다.

"그 당시에는 수련이가 이렇게 성공할 줄은 몰랐는데."

전 국민이 관심을 가졌던 사건.

거기다가 연기에 재능이 있어서 원하는 회사가 많아 자연스럽게 그녀는 배우의 길로 들어섰다.

그리고 지금 강수련은 어마어마한 인기를 끄는 한국의 톱 클래스 배우 중 한 명이었다.

"수련이라면, 도와 달라고 하면 도와줄 겁니다."

본인이 아동 학대의 피해자이다 보니, 그녀는 아동 학대에 관해서는 단호한 입장을 견지하고 있었다.

"그리고 제가 알기로 수련이는 유튭을 따로 하지는 않을 겁니다."

"출연만 해 준다면 100만은 우습기는 하겠군."

"네."

노형진은 고개를 끄덕거렸다.

　　그리고 국민들의 시선이 쏠릴 때 경찰에서 어떻게 반응할
지 예상하는 건 어렵지 않았다.

법보다는 관심

"당연히 해야지요."

강수련은 고개를 끄덕거렸다.

"아저씨가 오랜만에 연락해서 무슨 일인가 했더니, 그런 일이라면 당연히 도와드려야지요."

"출연료는 못 준다."

"아니, 출연료 필요 없어요. 진짜 아저씨가 내 인생을 구해 줬는데 출연료라니요."

강수련이 웃으며 말하자 노형진은 미소 지으며 화려한 그녀의 집을 살폈다.

살기 위해 도망쳐 왔던 아이는 이제 한국을 대표하는 한류 배우 중 한 명이 되어서 어마어마한 돈을 벌어들이고 있었다.

"좀 자주 연락해요, 아저씨."

"나도 바쁘고 너는 여배우잖아. 쓸데없이 연락하면 여러모로 곤란해진다."

"에이, 우리 사이에."

"우리만 아는 우리 사이지. 기자 놈들 한두 번 겪어 보냐?"

"하긴, 기자들 때문에 죽을 맛이라니까요. 그럴 거면 왜 기자를 한대요? 소설가를 하지."

아마도 강수련과 같이 있는 걸 찍히면 뜬금없이 열애설이 터져 나올 가능성이 크기에 노형진은 그녀에게 연락하는 걸 조심스러워하는 편이었다.

"너희 부모는 연락 안 와?"

"왜 안 오겠어요. 계속 오지요. 교주님이 한번 뵙고 싶어 한다, 네가 성공한 건 하느님의 은혜다. 차단해도 전화번호 바꿔 가면서 연락이 오더라고요."

"교주?"

그 말에 노형진은 고개를 갸웃했다.

"교주라니? 만구파는 사라졌잖아?"

만구파는 사라졌고 그 당시에 만구파를 이끌던 성만구는 저항하다가 사살당했다.

"뭐, 아저씨도 아시잖아요. 그런 경우에는 다른 지파 생기는 거."

"지파로 들어간 거야?"

"대가리에 똥만 찼는데 정상으로 돌아가겠어요?"

만일 어떤 사이비 종교가 사라지면 해당 단체에 소속되어 있던 사람들은 멀쩡하게 사회로 돌아올까? 애석하게도 그건 불가능에 가깝다.

그런 경우 대부분 해체된 종교에 속해 있던 놈들이 지파를 만들고, 기존의 교인들이 그곳으로 옮기며 명맥을 유지한다.

하지만 법적으로는 전혀 다른 종교이기에 현실적으로 대한민국 정부에서 그들을 제압하거나 막을 수는 없다.

"그나마 다행인 건, 만구파 지파가 엄청나게 많아서 다 고만고만하다는 거죠."

어마어마한 세력을 가지고 학교까지 운영했던 만구파지만, 성만구의 사망 이후에 너도나도 자신을 성만구의 현신이라고 주장하면서 지파를 만들었고 그 숫자가 백 개가 넘어갔다고 한다.

하지만 성만구와 만구파가 가지고 있던 돈은 대부분 정부에서 환수했고, 그들은 결국 고만고만한 규모를 가진 사이비 종교 집단이 되었다고 한다.

"쯧쯧, 그래도 용케도 알아봤다."

"알기 싫어도 알게 되더라고요. 각 지파에서 저를 한 번씩은 다 찾아왔어요."

"아니, 왜?"

"나도 만구파 출신이다 이거죠."

그러니까 잘만 설득해서 자기네 지파로 받아들이면 강수련이 번 어마어마한 돈이 자신들의 것이 될 거라 생각하고는 접근한다는 거다.

　　"뭐, 그중에서도 제일 지랄맞은 건 민족중흥교단이지만."

　　"민족중흥교단?"

　　"우리 부모라는 작자들이 들어가 있는 곳이에요."

　　눈을 찡그리면서 말하는 강수련.

　　"접근 금지 명령으로 몇 번이나 벌금을 처맞으면서도 매달리더라고요."

　　"답이 없구만."

　　"우울한 이야기는 그만하고, 그러면 저는 뭘 어떻게 해요? 뭘 도와드리면 될까요?"

　　"말 그대로 유튭에 출연해 주면 된다. 뭐, 길게 할 건 없고 송 대표님이 유명해질 정도가 되면 그만해도 돼. 물론 그 전에 아동 학대 범죄에 대한 사건 처리가 확실하게 진행되어야 하겠지만."

　　"그런 거야 뭐 환영이지요. 무슨 사채 회사 광고도 아니고."

　　이를 빠드득 가는 강수련이었다.

　　"마침 저도 휴식기니까요. 얼마 전에 영화 하나 끝나서. 오, 그러고 보니 그 영화도 아동 학대에 관련된 거였어요."

　　"아, 그래? 그럼 마침 잘된 거네."

　　노형진은 고개를 끄덕거렸다.

"유툽에 올라갈 거니까 촬영이 그다지 복잡하지는 않을 거야."

"걱정하지 마세요. 뭐, 어려워도 잘할 수 있으니까. 그러면 어디부터 갈 거예요?"

"일단은 시작 지점부터 가야지."

노형진은 눈을 반짝거렸다.

⚖

노형진이 가장 먼저 찾아간 사람은 다름 아닌 유치원 선생님이었다.

물론 경찰서를 찾아가는 것도 방법이지만, 사건을 시간의 흐름 순으로 찾아가는 것이 사람들이 이해하기 쉬울 테니까.

때마침 아동 학대 사건에 관해 신고해서 불이익을 받은 사람이 있었기에 촬영을 진행하는 건 어렵지 않았다.

"법에서 정한 대로 신고했죠. 그런데 제 꼴은 이래요."

법적으로 유치원 교사는 아동 학대가 의심되면 신고해야 하는 의무가 있다.

당연히 해당 유치원 교사는 아동 학대로 의심되는 정황을 발견하고는 신고했었다.

"흠…… 왜 학대를 확신하신 거죠?"

송정한은 상황을 물었다.

학대가 아니라고 생각하는 게 아니다. 영상에 정황에 대한 설명이 확실히 있어야 사람들이 관심을 가지기 때문에 묻는 것이다.

"애가 바지에 오줌을 쌌어요. 그래서 갈아입히려고 했지요. 그런데 애 반응이 이상하더라고요."

"이상하다는 게 무슨 말이에요?"

강수련이 슬쩍슬쩍 찔러주자 제보자는 신이 나서 이야기했다.

사실 그녀 입장에서도 신날 수밖에 없는 게, 노형진이 그녀에게 기존에 잘랐던 업체를 없애고 그 근처에 어린이집을 하나 만들어서 원장을 맡기겠다고 했기 때문이다.

"제가 옷을 갈아입히려고 하니까 갑자기 무릎을 꿇고는 때리지 말라고 빌었어요."

"네? 때리지 말라고요?"

"네. 아니, 애가 얼마나 겁을 먹었는지 막 눈물을 흘리는데, 뭔가 이상하다 싶더라고요. 그래서 제가 한참을 다독거렸죠. 울지 말라고, 얼른 씻고 옷만 갈아입자고. 한 시간쯤을 그렇게 진정시키고 나서야 애를 씻길 수 있게 되었어요."

"그런데요?"

"그런데 애 바지를 벗겨 보니 온몸의 멍이 장난이 아닌 거예요."

"어느 정도이기에요?"

"말로는 표현 못 하죠. 안 그래도 그 당시에 찍어 둔 사진이 있어요. 신고하려고요."

그녀는 자신의 핸드폰을 열어서 해당 사진을 보여 줬다.

그녀의 말대로 아이의 온몸에는 시퍼런 멍이 가득했는데, 붉게 물든 곳도 보였다.

"여기 발목 보이세요? 발목 부분이 동그랗게 멍들었잖아요. 이게 보통 아이를 붙잡고 거꾸로 흔들면 생기는 거거든요."

주먹을 꽉 쥐고 흔드는 모습을 보여 주는 제보자.

"그래서 경찰에 신고했더니 부모가 뭐라고 하는지 알아요? 애가 놀아 달라고 해서 거꾸로 쥐고 살살 흔들었다는 거예요."

"살살?"

"네. 그런데 그게 말이 되냐고요."

물론 아이가 놀아 달라고 하는데 놀아 주는 게 이상한 일은 아니고, 그 방법도 여러 가지가 있다.

하지만 어떤 부모도 아이의 발목에 이렇게 멍이 생길 정도로 꽉 잡지는 않는다.

"그러면 온몸의 멍은 뭐냐고 하니까 아파트 계단에서 굴렀다는 거예요. 저도 아파트에 살거든요? 요즘 아파트에서 계단을 쓸 일이 어디 있어요?"

죄다 엘리베이터를 타고 움직이는 시대다.

당연히 계단에서 구를 일은 없다.

물론 들어가는 입구에 한 서너 개 정도의 계단이 있기는 하지만, 거기에서 애가 넘어진다고 해도 이 정도의 멍이 들 수는 없다.

"그래서 어떻게 하셨어요?"

강수련의 말에 제보자는 고개를 흔들었다.

"당연히 신고했죠. 그게 의무니까. 그런데 경찰에서 조사하더니 혐의 없음으로 넘기데요?"

"네? 혐의 없음요?"

"네. 애를 때렸다는 증거가 없대요. 아니, 그럴 거라면 나한테 왜 신고하라고 해요? 심지어 의사 소견도 있는데, 경찰에서는 조사해 보니까 아동 학대에 대한 증거가 없다는 거예요."

"그게 말이 되나요?"

"말이 되더라고요."

억울한 듯 말하는 그녀.

뒤에서 촬영 장면을 지켜보고 있던 노형진은 쓰게 웃었다.

'이게 법의 한계지.'

증거재판주의. 그걸 악용한 거다.

가정 내에서는 CCTV나 촬영 영상을 구할 수는 없다 보니 그런 흔적이 왜 생겼는지는 부모가 말하는 대로 믿을 수밖에 없다.

그러다 보니 경찰은 기소할 때도 곤란해하는 경우가 많다.

부모가 때리지 않았다고 하면 반대로 때렸다는 걸 입증해야 하는데, 그러기에는 한계가 있기 때문이다.

이번 사건처럼 의사의 진단이 있다고 해도 그 진단은 타격으로 인해 타박상이 생겼다는 것에 대한 증명이지, 부모가 때려서 타박상이 생겼다는 것에 대한 증명은 아니다.

그렇다 보니 증거재판주의 입장에서 본다면 증명할 수 없는 범죄는 죄로 성립되지 않는다.

"더군다나 애들은 부모 편이니까."

부모를 앞에 두고 맞았냐고 물어보면 과연 애들이 그렇다고 할까? 절대 그러지 않는다.

"그다음에는 저희 유치원에 매일같이 와서 지랄 발광을 하더라고요……. 아, 이런 말 써도 되는 거예요?"

"유튭은 공중파랑 다르니까 괜찮습니다."

"아, 하여간 매일같이 와서 저를 자르라고 난리 법석을 떠는 거예요."

사실 제보한 유치원 선생에게는 아무런 잘못이 없다.

애초에 법적으로 제보하도록 의무화되어 있으니까.

"그러더니 며칠 있다가 결국 원장이 저를 자르데요."

"그 건에 대해 항의는 안 해 봤나요? 그건 의무 사항인데요."

그녀는 자신의 의무를 다했고, 그 결과 잘렸다.

당사자 입장에서는 미치고 팔짝 뛸 일이었다.

"해 봤지요. 애가 그 꼴인데 그러면 신고를 안 하냐, 그랬더니 원장이 뭐라는지 아세요? '그걸 왜 신고해서 일을 키우

냐? 우리 손님이 줄면 네가 책임질 거냐? 닥치고 나가라. 어
차피 신고하지 않으면 처벌한다는 규정도 없는데 덥석 신고
하는 바람에 동네 장사 망치면 어쩌라는 거냐?'라고 하더라
고요."

터무니없는 말이지만 현실이 그렇다. 아무리 좋게 포장해
도 결국 어린이집은 돈을 벌기 위해 하는 일이다.

"잠룡이 이제 더 이상 확장을 못 하니까 막 나가더라고요."

잠룡은 노형진과 대룡이 손잡고 시작한 어린이집 사업이다.

그 당시에 워낙 어린이집에 관련된 범죄와 비리 사실이 많
았기에 대룡에서는 어린이집 체인점인 잠룡을 만들어서 수
익을 창출하고 깨끗하게 운영하려고 했었다.

실제로 그 덕분에 온갖 불법을 저지르고 대충 운영하며 국
가의 지원금을 빼돌리던 수많은 어린이집이 사라지는 효과
를 봤었다.

"잠룡이 왜 못 늘어나요?"

"뜬금없이 중소기업 적합 업종으로 들어갔잖아요. 그래서
대룡에서 더 이상 안 늘린다고 하더라고요. 말로는 상생을
한다지만, 사실 선생인 제 입장에서는 차라리 늘어나는 게
맞다 싶어요."

중소기업 적합 업종이란, 대기업이 막대한 자본을 들여서
시장을 싹 쓸어버리는 걸 막기 위해 정해진 제도다.

해당 업종에는 대기업의 진입이 제한되는데, 현실적으로

처벌 규정이 없기는 하다.

하지만 대부분의 대기업들은 그걸 지키려고 하는 편이다.

괜히 어겨 봐야 욕먹을 가능성이 높으니까.

잠롱 역시 어린이집협회의 로비로 인해 해당 업종이 중소기업 적합 업종에 들어가자 확장을 자제하고 있었던 것.

"그랬더니 미친 거죠. 그냥 어떻게 해서든 수익을 내 보겠다고."

견제할 대상이 못 들어오게 되니 어린이집들은 그동안 본 손실을 메꾸기 위해 혈안이 되어 있다는 것이었다.

"흠…… 그렇다면 말이지요, 경찰에 이야기해 보셨습니까?"

"해 봤죠. 그런데 경찰은 자기 문제 아니래요. 아니, 신고를 의무로 해 둬 놓고 그로 인해 보복당할 때는 아무 도움도 안 주면 누가 신고해요? 솔직히 일하다 보면 접하게 되는 아이들의 학대 정황은 무척이나 많아요."

"많다고요?"

"네. 직접 본 것도 있고, 저 같은 경우는 유아교육학과를 나왔으니까……."

당연히 관련된 이야기도 많이 들을 수밖에 없다는 것이다.

그런데 이야기를 들어 보면 하나같이, 아이가 학대당하는 것 같아도 신고하면 바로 잘리고 업계의 블랙리스트에 올라가서 취업 자체도 불가능해지기 때문에 어쩔 수 없이 눈감아야 한단다.

"진짜 어떤 경우는 애들이 집에 가자고 하면 바들바들 떨어요. 그런데 그걸 신고를 못 해요."

물론 어린이집이나 유치원은 아이들이 놀기에는 좋다.

친구도 있고 장난감도 있고.

하지만 그래도 아이들에게는 집이 최고일 수밖에 없다.

그런데 아이들이 집에 가자고 하면 바들바들 떤다?

"그러면 그 이후에 블랙리스트에 올라가서 취업을 못 하신다는 거죠?"

"네."

"그러면 만일 잠룡에서 다시 확장한다고 하면 그쪽으로 가실 생각은 있나요?"

"당연하죠. 이야기를 들어 보면 애초에 교육 수준 자체가 다르던데."

은근슬쩍 잠룡에 대해 홍보하는 강수련.

사실 그것도 다 대본에 있는 이야기였다.

어린이집이 중소기업 적합 업종이 된 건 노형진도 안다.

하지만 그런 경우 무시하고 진입할 수는 있어도 사회적 반향을 무시할 수는 없다.

'그러나 정당한 이유가 있다면 이야기는 달라지지.'

실제로 잠룡은 이런 제보와 관련해서 직원에게 어떠한 보복도 하지 않는다.

도리어 부모가 소송하면 변호사를 사서 대응하고 일을 키워서 아동 학대로 처벌받도록 하기 때문에, 학대하는 부모들이 가장 기피하는 곳이 바로 잠룡이었다.

"제보 감사합니다."

송정한은 고개를 끄덕거리면서 일어나 뒤에 있는 노형진에게 다가갔다.

"이제 책임은 어린이집으로 넘어가는군."

"네. 그리고 그 어린이집은 망할 겁니다. 이제 잠룡을 막을 수 있는 이유가 사라졌으니까요."

설사 그게 아니라고 하더라도, 현재 상황은 아동 학대범의 동조범으로 볼 수밖에 없는 상황이다.

의무를 저버리고 부모를 편들어 주고 어린이집의 이름으로 해당 신고를 취소해 버렸으니까.

"그런데 처음부터 차라리 경찰을 노리는 게 낫지 않나?"

"뭐, 그것도 방법이기는 하지만, 애초에 이런 걸 막기 위해서는 어린이집들이 우선적으로 움직여야 하거든요."

"그게 잠룡이라 이건가?"

"동네 어린이집이나 유치원에 잠룡은 공포의 대상입니다. 핑계만 있으면 언제든 진입할 수 있는 존재들이니까요."

그리고 그걸 막기 위해서라도 그들은 규정대로 해야 한다.

"자, 그러면 그 유치원으로 가 볼까요? 과연 아동 학대 공범이라는 말에 뭐라고 할지 궁금하네요."

"아동 학대 공범이라니요! 절대 아니에요!"

그 유치원이 아무리 핑계를 댄다고 해도 결국 답은 이미 나와 있다.

물론 일반인이라면 턱도 없는 소리였다.

찾아와서 그런 소리를 한다면 당연히 경찰을 불러 질질 끌고 나가게 할 것이다.

'하지만 다른 사람도 아닌 국회의원이 찾아왔다고 하면 이야기는 달라지지.'

국회의원의 날카로운 질문에 유치원장은 사색이 되어서 손을 흔들었다.

"하지만 이미 확인해 봤습니다. 원장님이 아동 학대 신고를 무마하려고 했다면서요? 어린이집 명의로 취하장을 제출하셨던데요."

"아니, 그건 억울한 피해자의 발생을 막으려고 한 것뿐이에요. 부모님들이 얼마나 억울하시겠어요?"

"그걸 왜 원장님이 판단합니까?"

"네?"

"신고 의무는 당신들에게 판단 권한을 주려고 만든 게 아닙니다, 의혹 사항을 신고하라고 만든 거지. 당신 마음대로 판단하고 결정하게 해 줄 거라면 왜 신고 의무를 만들었겠습니까?"

"그게……."

원장은 어떻게 해서든 상황을 벗어나려고 했다.

하지만 다른 사람도 아닌 국회의원이 찾아와서 카메라를 들이밀고 있으니 저항할 방법이 없었다.

"어쩔 수가 없었어요, 부모님이 그걸 요구하셔서……."

"그 말은 부모님이 요구만 한다면 취서는 자동 발급된다 이거예요? 너무한 거 아니에요? 어린이집 맞아요? 애를 때려죽이려고 작정했네."

강수련이 화내자 무섭게 노려보는 원장. 하지만 강수련은 당당했다.

"그래, 이 눈빛이네. 딱 우리 부모님 눈빛이야. 애들을 도구로만 보고 자기한테 이득만 되면 애들 미래는 상관도 안 하는 그런 눈빛."

"네? 아니에요, 수련 씨. 뭔가 오해가……."

"정말 오해라고 생각하세요? 영상을 돌려 볼까요, 지금 절 바라보는 눈빛이 어떤지? 내가 그 눈빛을 모를 것 같아요, 십수 년을 받은 눈빛인데?"

실제 피해자였던 강수련은 원장을 용서할 수가 없었다.

돈 때문에 아이들이 점점 망가져 가는 걸 구경만 하는 원장이라니.

"그거 알아요? 당신 같은 사람은 이쪽 업계에 들어오면 안 되는 거였어요."

"말이 심하신 거 아니에요?"

"심하기는 뭘 심해요? 자기 애도 그 취급 하는 놈들이 남의 애를 신경이나 쓸 것 같아요? 그 인간들, 여기에 와서 신고한 선생님 자르라고 지랄했다면서요? 그러면 그 와중에 애들한테 정서적 학대를 한 거 아니에요?"

"……"

말을 못 하는 원장. 사실 강수련이 찌른 부분이 맞으니까.

실제로 이미 제보자에게서 확인한 사항이었다.

그들은 단순히 원장에게 해직만 요구한 게 아니라 아이들과 있는 선생님을 찾아가서 머리채를 붙잡고 흔들고 구타하고 집기를 부수었다.

당연히 그 모습을 아이들은 모두 보았고, 그중에는 얼어붙어서 제대로 울지도 못한 애도 있었다.

"이 제보가 사실이라면 당신은 원장이면서 아동에 대한 정서적 학대를 방치한 셈이 됩니다만."

"아니요……. 아니에요. 그게 아니라, 그냥 화가 나서 단순 실수를……."

"내가 화나서 당신을 죽이면 그것도 실수라고 넘어가 줄 수 있을까?"

너무 화가 난 강수련은 결국 반말로 나가기 시작했고, 송정한은 그런 그녀를 말렸다.

"수련 씨, 진정하세요."

"대표님은 제가 무슨 꼴을 당했는지 아시잖아요. 그 애들이 제 과거였다고요."

"알아서 이러는 겁니다. 제가 그냥 넘어가지 않을 테니까요."

그 말에 원장은 울 것 같은 표정이 되었다.

송정한이 영상을 올리자 노형진의 예상대로 조회 수와 구독자 수는 엄청나게 빠르게 올라가기 시작했다.

특히 법의 한계와, 그로 인해 아이들을 보호하는 사람들이 처벌받는 괴상한 현 상황에 대해 사람들이 알게 되자 댓글난은 분노로 넘쳐 나기 시작했다.

-역시 헬조선 어디 안 가지.

-나아졌다고 해도 역시 지옥은 지옥일 뿐.

-신고하면 처벌받는 세상이라, 핫핫.

사람들의 분노는 자연스럽게 책임자를 찾기 시작했다.

그리고 그 책임은 하위 경찰이 뒤집어쓰는 게 보통이었다.

언제나처럼 말이다.

실제로 사람들은 꼬리 자르기를 하고 하위 경찰을 징계하고 끝날 거라 생각했다.

하지만 그 꼬리가 머리를 물어뜯으면서 상황이 바뀌었다.

사실 꼬리 자르기가 가능한 이유는 간단하다. 아래에서 억울하다고 이야기해 봐야 위에서는 이미 답을 정해 놓고 네가 뒤집어쓰라고 처리해 버리기 때문이다.

당연히 이런 경우는 언론과 사회단체와도 어느 정도 이야기가 되어 있기 때문에 뒤집어쓰게 된 경찰이 '나는 억울합니다!'라고 아무리 외쳐도 누구도 그 말을 전해 주지 않는다.

멀리 갈 필요도 없다.

사회생활을 하다 보면 자연스럽게 독박을 쓰고 처벌받는 일을 한두 번은 겪게 되니까.

하지만 그들이 말할 수 있는 곳을 찾아낸다면 상황이 달라진다.

애초에 자리를 지키지 못하리라는 걸 알면 더더욱 그렇게 된다.

"처벌요? 조사요? 하고 싶죠. 그런데 하고 싶어도 위에서 못 하게 막아요."

송정한이 인터뷰를 하러 찾아오자, 어차피 그만둘 생각을 하고 있던 한수성은 아주 대놓고 말을 꺼냈다.

"아동 학대범이 경찰서에 오잖아요? 솔직히 말하면 그 새끼들은 사람도 아니고 범죄자예요. 그런데 오자마자 개지랄 떨면서 애들 훈육이라고 주장하거든요? 씨팔, 언제부터 애

들 훈육이 개 패듯이 패는 걸로 바뀌었는지는 모르겠는데요,
하여간 훈육이라고 주장해요."

"설마 그걸 들어 주는 건 아니죠?"

"아니죠. 하지만 그다음부터가 문제라서 그렇지요."

증거는 없고 의심만 가는 상황.

해당 사항을 기소 의견으로 송치하면 온갖 소송을 다 당하
고 상부에서는 그에 관해 징계를 내린다.

"아동 학대를 왜 못 없애느냐고요? 솔직히 아동 학대로 기
소했을 때 처벌받을 가능성도 그다지 크지 않으니까요. 게다
가 기소한 다음에는요? 본인이 징계를 먹는데요? 저만 해도
손해배상으로 3천만 원이 넘게 물어 줬어요. 그런데 누가 이
런 일을 하려고 합니까? 물론 애가 불쌍하죠. 그런데 그렇게
해서 애를 구하면? 그다음에는요? 애들을 다시 부모한테 돌
려보내요. 그러면 그 범죄자들이 자기반성하고 애 잘 키울
것 같아요?"

애석하게도 절대 그렇지 않다.

사실 부모가 아동 학대로 처벌받으면 재판부에서는 아이
를 부모에게서 격리해야 한다.

하지만 재판부는 아이의 미래 운운하면서 다시 한번 지옥
으로 밀어 넣는다.

재판부의 논리는 간단하다. 그래도 부모가 같이 있어야 하
지 않겠느냐는 것.

하지만 현실은 아니다.

애초에 부모로서 가치가 없는 인간들이고, 그들은 결국 부모로서의 책임을 질 생각이 없다.

그들은 그렇게 풀려나서 집으로 돌아오면 전보다 더 심하게 아이를 학대한다.

너 때문에 내가 감옥에 갔다.

너 때문에 내가 돈을 날렸다.

너 때문에, 너만 없었어도 내 인생은 화려했는데 너 따위가 내 인생을 망쳤다.

"그러다 죽으면 재수 없는 거고."

독한 말이지만 현실이 그렇다.

"그리고 그런 놈이 오잖아요? 위에서 뭐라고 할 것 같습니까? 법대로 진행하고 기소해라? 천만에요. 그렇게 했으면 제가 이런 소리 안 합니다. 그냥 무릎 꿇고 빌라고 합니다."

"빌라니요?"

"자기들도 귀찮은 거예요. 자기들이 대응해야 하니까."

엄밀하게 말하면 이런 경우 윗선에서 그들의 접근을 막고 그들의 행동을 공무집행방해죄와 같은 방식으로 컨트롤해야 한다.

하지만 그들은 꼬리를 자르고 네가 저지른 일이니까 알아서 기어서 문제 해결하고 사건은 덮으라는 식으로 나온다.

"거짓말 같죠? 아동 학대 부서에 있어 보세요. 얼마나 지랄맞은지, 사람이 사람으로 안 보여요. 애초에 그 새끼들은 사람도 아니긴 하지만."

"그러면 그걸 시스템적으로 막을 수 있는 방법이 없나요?"

"없으니까 지랄맞은 거죠. 솔직히 이 새끼들이 겁나 머리 쓰거든요. 고소할 때 저뿐만 아니라 경찰서장도 같이 고소해요. 그러면 서장은 전화해서 지랄하죠. 너 일을 어떻게 처리했기에 일을 이 지경으로 만드느냐고, 당장 가서 무릎 꿇고 싹싹 빌라고."

그 말에 노형진은 쓰게 웃었다.

'어딜 가나 생각하는 건 비슷하기는 한데.'

분명 노형진도 종종 쓰는 방법이다.

하지만 가장 큰 차이는, 노형진은 이쪽에 잘못이 없고 확실하게 책임을 묻고자 할 때 쓰는 방법이지만 저쪽은 자신의 잘못을 묻어 버리기 위해 쓰는 방법이라는 거다.

"그래서 죄다 하는 말이 그거예요. 차라리 강력계에 가고 말지 더러워서 못 하겠다고. 아동 학대 판단요? 공무원 새끼들은 뭐 다를 것 같아요?"

아동 학대 신고가 가면 해당 지역의 공무원들이 학대 여부를 판단하고 상황에 따라 격리해야 한다.

그런데 이 학대 여부도 공무원이 엮이기 귀찮으니까 대충하는 성향이 크다.

잘 먹고 잘 사는지, 그리고 정서적으로 아이가 잘 케어받고 있는지, 아이들의 몸에 상해 같은 흔적이 없는지 등을 판단해야 하는데 애석하게도 이런 업무로 오는 사람들은 그냥 공무원이지 전문가가 아니다.

'하긴, 일은 더럽게 안 하지.'

실제로 아이가 부모에게 맞아 죽은 사건이 있었는데, 아이가 죽기 직전에 정부에서 아동 학대 관련 심사를 하러 왔었다.

하지만 해당 담당자의 판단은 '아동 학대 의심 사항 없음'이었다.

아이의 온몸에 멍이 들고 정서적으로 무너져서 얼굴에 표정이라곤 없음에도 불구하고 가해자인 부모가 아동 학대 같은 건 없다는 말을 하자 그걸로 그냥 조사를 끝낸 것이다.

"그거 제대로 일하면 있잖아요, 이 새끼들이 언론 플레이를 해요, 정부에서 자기 아이를 빼앗아 가려고 한다고. 지랄을 해요, 아주."

한국에서 이러한 사항에 대해 그렇게 약한 모습을 보이는 이유는 간단하다. 인륜은 천륜이라고 생각하는 유교적 문화 때문이다.

아무리 상황이 안 좋아도 그래도 부모가 있는 게 아이들한테는 좋지 않겠냐고 생각하는 거다.

"물론 대부분은 그게 사실이죠. 뭐, 천하의 개잡놈도 제 자식을 보고 나면 창피해져서 바르게 사는 놈들이 아주~아주~ 간혹 있으니까. 하지만 제 경험상으로는 있잖아요, 그런 개잡놈들은 개잡놈일 뿐입니다."

비웃음을 날리는 한수성.

"특히 아동 학대범들은요, 절대 반성 안 해요. 그 새끼들은 강간범보다 더 악질입니다. 그 새끼들은 강간범보다 더 재범률이 높을걸요. 자기한테 저항 못하는 애들이니까."

한수성의 가슴 깊숙한 곳에 있던 분노는 그렇게 화면을 통해 사람들에게 전달되었다.

"아기가 자기 아빠한테 살려 달라고 하는 꼴 봤어요? 애가 자기 엄마만 보면 얼어붙어서 오줌 질질 싸는 꼴 봤습니까? 그런데 이 개좆같은 나라는 답이 없어서, 자기 자식 먹이려고 분유 하나 훔치는 건 징역형을 내리면서 자기 자식을 개 패듯이 패는 건 가정 내 문제라고 그냥 두랍니다. 아동 학대를 처벌하라고요? 씨발, 처벌할 수 있게 규정이나 만들어 주든가. 현행법상 처벌하고 싶어도 처벌할 수가 없어요. 그냥 아이가 멍드는 수준으로는 처벌 못 해요. 정서적으로 학대하는 건 아예 손을 못 대고. 그나마 애가 반병신쯤 되어야 처벌이 가능할까?"

한수성은 한번 분노가 터지자 멈추지를 못했다.

"더 지랄맞은 게 뭔지 아십니까? 애가 학대로 죽어 가는데 정작 자칭 보호 단체라는 새끼들은 쉬쉬하면서 감춘다는 거예요."

"그게 무슨 말이에요? 보호 단체에서 그걸 왜 감춰요?"

듣고 있던 강수련은 깜짝 놀랐다.

여기서 말하는 보호 단체는 당연히 아동보호 단체일 테니까.

"정부로부터 위탁받은 아동보호 단체가 사법권에 준하는 황당한 권력을 가지고 있거든요."

"그게 무슨 말입니까?"

송정한은 그 말에 심각한 표정이 되었다.

남용될 가능성을 막기 위해 한정되는 사법권이 남에게 위탁되었다는 건 심각한 문제이기 때문이다.

기본적으로 사법권은 한정된 집단에만 부여되며, 그 단체는 당연히 국가 소속 행정 집단이어야 한다.

그런데 정부 위탁 단체가 사법권을 행사한다?

"아동보호 단체들이 국가 아동 학대 정보 시스템에 아동학대 사실을 등록 가능한 거 모르셨죠?"

"그건 알고 있습니다. 그게 문제가 되나요?"

"그게 문제가 되죠. 자료와 상관없이 등록할 수 있으니까."

"그게 무슨 말이죠?"

"말 그대로예요. 조사한 자료나 근거를 남길 의무는 없거든요."

그냥 이름, 주소와 함께 아동 학대범이라고 등록하기만 하면 그 순간부터 그들은 아동 학대범이 되는 거다.

그 과정에서 조사와 관련된 어떠한 기록도 남길 의무는 없다.

"더 웃긴 건 그렇게 아동 학대가 의심되면 우리한테 말이라도 해야 우리가 조사하는데, 말을 하지 않는다는 거예요. 솔직히 우리 같은 짭새들이 뭐 용가리 통뼈도 아닌데 집집마다 찾아다니면 '너희 부모님이 너를 학대하니?'라고 물어볼 수도 없는 일이고."

하지만 현행법상 그러한 사회단체들은 고발 의무가 없다.

즉 그들이 학대가 아니라고 판단하면 끝이고, 설사 학대라고 판단한다 해도 경찰에 수사를 맡기지 않고 자기들이 아동학대범이라고 전산에 등록하고 끝이라는 거다.

"그 새끼들이 경찰이자 검사이자 판사라서 자기들끼리 알아서 그 지랄을 쳐 놓은 건데 왜 우리한테 뭐라고 합니까? 애초에 의심이 가면 일단 경찰한테 알리든가. 자기들끼리 대충 관리하다가 애 뒈지면 경찰이 어쨌네 저쨌네 하면서 우리만 물어뜯고 말이야."

송정한은 그 말을 들으면서 상당히 심각한 표정을 지었다.

그런 일이 벌어지고 있다는 건 전혀 몰랐으니까.

어떠한 범죄에 대한 조사와 판단과 처벌 권한이 국가 단체도 아니고 민간단체에 있다는 건 전혀 모르던 일이었다.

"거기는 왜 그딴 식으로 한대요?"

"결국 이게 문제죠, 이게."

손으로 만든 동그라미를 흔들어 보이는 한수성.

즉, 돈이 문제라는 거다.

"그치들, 3년마다 심사해서 위탁 갱신하고 지원금을 받거든요. 그러니까 그 새끼들은 무조건 일단 아동 학대로 밀어 붙이는 거죠."

아동 학대 의심 신고가 들어간다고 해서 모든 사건이 다 아동 학대인 것은 아니다.

가령 아이가 1,200만 원짜리 자전거를 훔쳐서 부숴 버렸다고 했을 때 부모가 그 아이를 혼내는 것은 아무리 생각해도 아동 학대라고 볼 수는 없다.

바늘 도둑이 소도둑이 된 격이니까.

하지만 이런 아동 학대 단체는 그런 것과 상관없이 일단 때렸으니까 아동 학대로 올려 버리는 거다. 실적이 하나 확보되면 그만큼 정부에서 지원금이 나오니까.

즉, 그런 아동 학대 방지 단체가 법이고 진리라고 생각한다는 거다.

"혹시 말입니다, 그러면 그것과 관련해서 비리가 있을 수 있습니까?"

송정한은 걱정스럽게 물었다.

그가 말한 비리는 뻔하다. 돈을 받고 거기서 빼 주는 것이 가능하느냐는 것.

"당연한 거 아닙니까, 결국 돈 문제인데? 솔직히 말하면 그치들, 진짜 막장 아동 학대범들에게는 손대지 않습니다."

"안 댄다고요?"

"네. 막장 새끼들은 칼 들고 뛰쳐 들어가거든요. 학교나 어린이집이나 병원에서 그런 사건들은 생각보다 많습니다."

하긴, 애들을 그렇게 괴롭히는 놈들이 제정신일 가능성은 그다지 높지 않으니까.

"그런 새끼들은 거기에서도 손대지 않아요, 그냥 방치하지. 지들도 뒈지기 싫거든. 그러면 그냥 경찰한테라도 넘기든가. 뭐 우리로서도 답이 없기는 하지만."

기껏해야 단기 격리가 경찰이 할 수 있는 거고, 그마저도 법에서 정한 기간이 지나 그들이 아이를 달라고 하면 보내 줘야 한다.

"뭐, 잘나신 검사 나리들에게 친권 상실 소송 권한이 있다고 하는데 제가 그 꼴을 본 적이 없어요. 제가 아동 부서에서만 10년이 넘게 일했는데 검사님들이 그거 신청은 죽어도 안 하시더라고."

아이에게는 부모가 있어야 한다.

아이는 부모가 케어해 줘야 한다.

뻔한 말을 하면서 무조건 부모와 같이 있게 해서 결국은 아이들의 인생을 망가트린다.

"국회의원 나리께서는 아시려나 모르겠지만 전 세계에서 정상적으로 법이 굴러가는 나라 중에 우리나라만 혈연을 못 끊어요. 지랄맞은 거죠."

부모가 아이를 학대해도, 인신매매를 해도, 심지어 성매매를 시켜도 혈연관계를 끊을 방법이 한국에는 없다.

정확하게는 한국'만' 없다.

심지어 막장이라고 불리는 북한조차도 부모가 그렇게 개판이면 소송을 통해 혈연관계를 끊을 수 있다.

물론 친권을 박탈할 수는 있다. 하지만 친권 상실과 혈연관계의 소멸은 전혀 다르다.

친권은 아이를 키우는 권한을 의미한다.

즉, 그게 소멸되면 자신의 아이라고 해도 키울 수 없다.

반면 혈연관계 소멸은 남남이 되는 것이다.

이게 같은 거냐고 물을 수도 있지만 결과적으로 부모가 늙었을 때 차이가 나는데, 친권이 상실되었다 해도 여전히 부모가 맞기 때문에 아이가 성장한 후 자신의 노후를 책임지라고 요구하는 게 가능하다.

그에 반해 혈연관계가 끊어지는 경우에는 아예 남이고 서로 아무런 관계가 아니기 때문에 노후 책임 같은 건 개소리가 된다.

그리고 무엇보다, 혈연관계가 끊어져야 가해자를 강력 범죄로 처벌할 수 있게 된다.

실제로 자신의 아이를 강간한 부모에게 돌려보내는 게 현재 대한민국 법의 한계다.

'부모니까 그래도 어느 정도 케어는 해 주겠지.'라는 생각 때문인 건데, 애초에 그럴 인간이었다면 아동 학대를 하지도 않는다.

이것이 법이다

"애가 나 붙잡고 울더이다. 제발 집에만 보내지 말아 달라고. 시키는 대로 다 할 테니까 집에만 보내지 말아 달라고. 그마저도 안 되면 그냥 길바닥에서 자도 좋으니까 제발 집에만 보내지 말아 달라고."

이를 뿌드득 가는 한수성. 그의 눈은 어느 틈엔가 눈물로 가득했다.

아이가 집에 가기 싫어해도, 가면 죽는다고 빌어도 현행법으로는 그걸 막을 방법이 없다.

그냥 가해자가 내놓으라고 하면 돌려보내야 한다.

"그러면 그 애는 어떻게 되었나요?"

"자살했습니다."

그 말에 모두들 말을 못 했다.

"왜요?"

"자살 이유야 뻔하지. 애 죽고 보니까 온몸에 멍이 가득하던데."

집에 가기 전 아동 학대 문제로 6개월간 격리되어 있었기 때문에 아이는 몸의 상처가 다 나은 상태였다. 그런데 죽은 이후에 부검해 보니 온몸에 또다시 시퍼런 멍이 가득했다.

집에 간 지 고작 사흘. 그사이에 그 정도 멍이 생겼다는 건 가자마자 미친 듯이 두들겨 맞았다는 의미다.

"그러면 그 부모는요?"

"잘 처먹고 잘 살고 있겠지요. 자살을 교사한 것도 아니고."

아이는 자살했지만 부모들은 편하게 먹고 마시면서 잘 살고 있다는 결말.

"상황이 이 꼴인데 내가 지랄맞다고 말 안 하게 생겼습니까?"

한수성은 작심한 듯 자신이 알고 있는 모든 것을 까발렸다.

"경찰을 믿으세요? 웃기지 말라고 해요. 세상에 믿을 게 없어서 경찰을 믿어요? 다른 건 모르겠는데, 최소한 아동 학대는 경찰 믿지 말아요. 짭새 새끼들, 애들이 뒈지든 말든 자기 일이 아니라고 생각하니까."

경찰 스스로가 본인들을 짭새라고 평할 정도.

그리고 그런 한수성의 말에, 생중계를 보고 있던 인터넷 창은 난리가 났다.

원래는 녹화해서 올릴까 했지만 그러면 분명 경찰에서 어떻게 해서든 내리려고 할 가능성이 크기 때문에 노형진은 일단은 생중계 후에 다시 올리자고 했다.

강수련이 나온다고 하니 반쯤은 재미 삼아 보던 사람들이 받은 충격은 어마어마했다.

─돌겠네. 뭐야, 이게 현실이야?

─죄책감 든다, 씨발.

─이걸 그냥 둬? 짭새들. 아니다, 이건 짭새가 아니라 윗대가리가 문제인 듯?

─동감임. 그런데 왜 우리가 이런 걸 이제야 안 거지?

—믿을 게 없어서 짭새를 믿냐고? 씨발, 겁나 와닿네.

잠깐의 침묵 이후에 올라오는 어마어마한 양의 채팅들.

그럴 수밖에 없는 게, 다들 아동 학대가 나쁜 거라는 건 알지만 대부분의 경우 자기 일이 아니기에 가장 쉽게 잊어버리는 범죄 중 하나였다.

당연한 게 강도, 강간, 사기 등등 다른 범죄는 재수가 없으면 자신이 해당될 수 있는 사건임에 반해 아동 학대는 그럴 일이 없는 사건이기 때문이다.

그걸 판단할 정도의 나이가 되면 대부분 학대당할 시점을 넘어갔고, 자신이 비정상이라서 학대하는 가해자라면 지금처럼 대충 처리하는 환경이어야 계속 편하게 학대할 수 있으니까.

속된 말로 '나만 아니면 돼.'라는 심리가 작용하기 가장 쉬운 범죄이고, 그래서 전형적인 냄비 근성이 쉽게 드러나는 그런 범죄이기도 했다.

자신은 절대 그런 범죄의 피해자가 되지 않을 테니까.

"책임을 통감합니다."

송정한은 고개를 끄덕거렸다.

시스템의 기본이 되는 법을 만드는 사람이 국회의원이다.

그들이 제대로 하지 않으니 일이 이 지경이 되는 것이다.

"아오, 저…… 저……."

대놓고 경찰서 안에서 현직 국회의원과 이야기하고 있는 한수성을 보며, 늦게 보고받고 다급하게 내려온 경찰서장이 뒤에서 방방 뛰었지만 그렇다고 해서 인터뷰를 막을 방법은 없었다. 여기서 인터뷰를 막으면 자기들이 더 곤란해진다는 걸 알고 있었기 때문이다.

그 사실을 알고 있는 송정한은 경찰서장에게 다가갔다.

"서장님, 어떻게 생각하십니까? 가해자들이 고소와 고발로 수사를 지연시킨다면 막아야 하는 거 아닌가요?"

"아…… 그게 말입니다, 범죄자라고 해도 정당한 고소와 고발은 막을 수가 없다 보니……."

땀을 뻘뻘 흘리는 서장.

사실 그건 틀린 말이 아니었다.

설사 상대방이 살인범이라고 해도 고소와 고발에 대한 기본권을 제한할 수는 없다.

"그래요?"

송정한은 그 말에 눈을 찡그렸다.

물론 그건 안다. 변호사니까.

하지만 변호사이기에, 그때 경찰이나 조직에서 뭘 해야 하는지도 알고 있다.

"그러면 변호사 선임은 어떻게 됩니까?"

"그게……."

서장은 두리번거리며 주변에 도와줄 사람을 찾았지만 다

들 시선을 피할 뿐이었다.

"다시 한번 묻죠. 업무상 고소가 들어온 거라면 분명 경찰에서 어떠한 지원을 해 줬겠지요?"

"그게, 고소가 경찰이 아니라 한수성 수사관 개인에게 들어온 거라서요."

"하지만 그 사건이 시작된 시점은 한수성 수사관이 개인행동이 아닌 업무를 한 때가 아닌가요?"

"맞습니다."

"그렇다면 경찰 내부에서 대응해야 하는 거 아닌가요?"

"아니, 그게…… 예산 문제도 있고……."

"예산 문제라고요?"

"경찰 내부에 변호사용으로 배당된 예산은 없습니다."

"그 말은, 범죄자가 수사관을 압박할 목적으로 고소와 고발을 하는 경우 그 배상은 모두 개인 수사관이 담당해야 한다는 소리인가요?"

"……."

서장은 그 말에 부정을 못 했다. 그게 사실이니까.

'그러니까 나라 꼴이 이 지경이지.'

복지부동. 공무원들이 일을 하지 않으려는 이유가 뭘까?

그건 정당하게 업무를 진행한 결과라고 해도 문제가 생겼을 때 정부에서 보호해 주지 않기 때문이다.

이번 사건뿐만이 아니라 대부분이 그렇다.

소방관이 출동하다가 접촉 사고가 나면? 그 배상은 소방관이 한다.

구급차가 출동하다가 사고가 나면? 그것도 소방관이 한다.

하물며 소방관이 그 지경인데, 경찰이라고 뭐가 다르겠는가?

경찰이 범인을 체포하던 중 저항하던 범인이 부상당하면 그 치료비는? 당연히 그 경찰이 내야 한다.

'웃기지만 법에 대해 가장 잘 아는 사람은 법률계 사람 아니면 범죄자지.'

그들은 자신의 주요 범죄 사실에 대해서는 해박한 지식을 자랑하는 경우가 많다.

그리고 그걸 이용해서 경찰을 압박하는 방법도 잘 알고 있다.

"그러면 그로 인해 발생하는 피해는 모두 일선 경찰이 책임져야 합니까?"

"아니, 우리가 그렇게 열심히 하라고 한 것도 아니고……."

핑계를 댄다고 댄 서장은 분노한 송정한의 말에 얼굴이 사색이 되었다.

"그 말은, 범죄자가 경찰을 고소하니까 범죄 수사를 하지 말라는 말 아닙니까!"

"그게 아니라……."

"그게 아니면 뭡니까! 이건 그냥은 못 넘어가겠네요."

송정한은 바로 전화기를 들었다. 그리고 누군가에게 전화를 걸었다.

그도 화가 난 건지 아까와 다르게 말투가 날카롭기 그지없었다.

"김창영 경찰청장? 나 송정한 의원이오. 지금 여기 서장이 소송을 피하기 위해서는 경찰이 수사를 하면 안 된다고 하는데, 이게 경찰청의 공식 의견이오?"

—네? 그게 무슨 말씀이십니까?

마른하늘에 날벼락이라고, 김창영 경찰청장은 당혹스러울 수밖에 없었다.

"일선 경찰에 대한 경찰의 법률적인 보호가 전무하니까 수사하지 말고 범죄자들을 풀어 주라는데, 그게 수사 방침이냐는 거요. 이거 지금 인터넷으로 생중계되는 중이니까 똑바로 말해야 할 거요."

—그럴 리가 없지 않습니까?

"그런데 왜 이런 말이 나오는 거요? 범죄자들이 일선 경찰에게 소송으로 압박을 가할 경우 경찰청에서는 보호를 안 하는 거요?"

—그게······.

실제로 그런 규정은 없다.

사실 일반인들은 경찰에게 저항할 이유도 없다.

설사 한다고 한들 변호사를 사서 자신의 결백을 증명하려고 하는 정도이지, 이렇게 일선 경찰을 고소해 가면서 심리적 압박을 가하지는 않는다.

그런 걸 잘하는 건 범죄자들 또는 그들을 도와주는 변호사들이다.

─오해가 있는 것 같은데 진짜 아닙니다. 소송을 피하기 위해 수사를 안 한다니요!

"그러면 지금 업무와 관련해서 피고인이나 범죄자가 일선 경찰에게 소송을 거는 경우에 경찰청의 보호 규정은 어떤 식으로 운영되는지 말해 보시오."

─…….

그러나 청장은 아무 말도 하지 못했다. 당연하다. 없으니까.

"후우, 내가 당장 들어가 봐야겠군."

송정한은 자리에서 벌떡 일어났다. 그리고 한수성의 손을 꽉 잡았다.

"미안합니다. 내가 무슨 수를 써서라도 이건 해결해 드리리다."

"믿어도 됩니까?"

"나는 정치인입니다. 국민을 대상으로 속임수를 쓰기 위해 이 자리에 올라온 게 아닙니다. 법이 없다고 하면 그 법을 만들기 위해 올라온 자리입니다. 그러니 믿어도 됩니다."

그렇게 말하고 송정한은 몸을 돌렸다.

그와 동시에 딱 맞게 끊어지는 인터넷 송출.

송정한은 노형진과 같이 차량으로 가면서 조용히 말했다.

"바로 올라가야겠네. 지금쯤 경찰청은 난리가 났을 거야.

제대로 홍보가 되겠군."

사실 이 모든 건 노형진이 처음부터 설계한 거다.

자연스럽게 문제를 제기하고 경찰청을 뒤집어 두면 언론에서는 이걸 기사화하지 않을 수가 없게 된다.

그리고 기사화되는 순간부터 송정한이라는 이름은 전 국민이 알게 될 수밖에 없다.

"마지막 대사 멋졌습니다."

"자네가 시킨 거 아닌가."

사실 사람들에게 정치인은 거짓말쟁이라는 이미지가 강하다.

하지만 송정한은 거짓말하기 위해 올라온 자리가 아니라고, 잘못된 것을 고치기 위해 이 자리에 있다는 식으로 이야기했다.

지금까지 어떤 정치인도 그런 식으로 발언한 적이 없었으니 사람들은 혹시나 하는 기대감을 가질 수밖에 없게 된다.

"이런 범죄에 대한 저항은 정당이나 신념과는 좀 다르게 받아들여지니까요."

과거에 독재정치인이라고 불렸던 전환우조차도 범죄에 대해서는 누구도 까지 않는 이유가 그거다.

어마어마한 돈을 빼돌리고 국민들을 때려잡고 학살했지만, 동시에 범죄와의 전쟁이라는 것을 통해 대한민국의 범죄 수준을 확 낮춘 게 사실이니까.

사람들이 잘 모를 뿐이지 그 당시 대한민국의 범죄의 수준은 상상을 초월해서, 다짜고짜 사람을 납치해서 여자는 사창가로, 남자는 새우잡이 배로 팔아 버리던 시절이었다.

그리고 그 당시에 대한민국은 아시아에서 유명한 마약 공급 국가 중 하나이기까지 했다.

비록 정치적 목적이었다고 하나 그 범죄와의 전쟁 하나는 인정할 만했기에 노형진은 그걸 이용해서 송정한을 밀어주려고 하는 것이었다.

"이런 게 어디 소방서에 가서 바쁜 소방관들 붙잡고 기념사진 찍는 것보다 홍보에 훨씬 도움이 되지요."

노형진은 씩 웃으며 말했다.

"아, 그나저나 돈 좀 있으십니까?"

"돈? 뜬금없이 무슨 돈? 자네가 돈이 필요할 일이 있나? 지갑 놓고 온 거야?"

송정한은 노형진의 말에 고개를 갸웃했다.

다른 사람은 몰라도 노형진이 돈이 떨어질 것 같지는 않았으니까.

"아니요. 아까 전에 좋은 생각이 났는데, 송 의원님 이름으로 하는 게 좋을 것 같아서요."

"내 이름으로?"

"네. 뭐, 많이 들지는 않을 겁니다. 그저 사람들을 빡치게 하려고요."

"더 빡치게 한다고?"

노형진은 그 말에 어깨를 으쓱했다.

"모든 사람들이 다 유튭을 보는 건 아니지 않습니까?"

"그건 그렇지."

많이 대중화되었다고 하지만 모든 사람이 유튭을 보는 건 아니고, 설사 본다고 한들 정치인인 송정한의 채널은 그다지 인기가 없다.

그때 강수련이 슬쩍 나섰다.

"돈이 필요한 거면 저도 낼 수 있어요."

"오, 좋은 생각이네. 배우도 인기로 먹고사는 거니까 너도 이름 올려라."

"뭘 어쩌시려고요?"

"일단 돈은 구해 놔. 얼마나 들지 모르지만. 의원님도 구해 두세요. 몇천 정도 들 겁니다."

그 말에 송정한은 고개를 끄덕거렸다.

작은 돈은 아니지만 그래도 못 쓸 정도의 돈도 아니다. 송정한도 노형진의 도움으로 막대한 수익을 내고 있으니까.

"알았네. 그렇게 하도록 하지."

"전 그럼 이만."

"어딜 가려고? 경찰청에 같이 안 가고?"

"거기까지 가는 건 좀 오버인 것 같고요. 여기서 할 일도 생겼고요."

노형진은 두 사람에게 인사하고 다시 안으로 들어갔다.

그리고 혀를 끌끌 찼다.

'아니나 다를까라더니, 정말.'

사람들이 떠난 장소. 그곳에서 서장은 한수성에게 지랄을
하고 있었다.

"너 미쳤어? 어? 미쳤냐고, 이 개새끼야! 그딴 식으로 말
하면 어떻게 해?"

"제가 거짓말했나요?"

"거짓말해야지, 그럼! 어? 문제가 있어도 없는 척해야 할
거 아냐!"

"아니, 그건 아니죠. 제 인생만 걸린 게 아니라 애들 인생
하고 목숨이 걸린 건데."

"그게 너랑 무슨 상관인데! 그 애새끼들이 뒈지든 말든!"

"아니, 서장님이 그렇게 말하면 안 되죠."

"안 하게 생겼어? 너 그러고도 멀쩡하게 경찰 생활 할 수
있을 것 같아?"

"내가 더러워서 진짜!"

한수성이 막 그만둔다고 말하려고 하는 찰나, 갑자기 노형
진이 끼어들었다.

"지금 보복하시는 거죠?"

"헉!"

갑작스러운 노형진의 등장에 서장은 움찔했다.

"아니, 그게⋯⋯."

"지금 제가 봤을 때는 내부 고발에 대한 보복인데요. 안 그런가요?"

"아…… 아까 가지 않으셨나요?"

"안 갔습니다. 그리고 이건 그거랑 상관없는 거 아닌가요?"

"아니, 보복이라기보다는……."

서장은 어떻게 해서든 말을 돌리려고 했으나 노형진이 굳이 그의 눈치를 볼 이유는 없었다.

"바로 감사 팀 부르죠."

"가…… 감사 팀요?"

"네. 지금 내부 고발자에 대해 보복하셨잖아요."

"보복 아닙니다. 진짜예요."

"그건 제가 아니라 감사 팀에 말씀하시고요."

노형진은 그렇게 말하면서 안에 있는 경찰들을 바라보았다.

"설마 서장을 위해 거짓말하실 분은 안 계실 거라 생각합니다. 솔직히 서장이 죽든 말든 여러분들은 아무 상관 없잖아요? 안 그래요?"

그 말에 서장의 얼굴이 사정없이 일그러졌다. 방금 전 자신이 한 말을 그대로 되돌려받을 줄은 몰랐으니까.

"나가시죠. 보복이 이루어지는 상황에서 내부 고발자를 현장에 둘 수는 없으니까. 감사 팀이 오는 동안에 나가서 기다리시면 될 것 같습니다."

그 말에 한수성은 뒤도 돌아보지 않고 자리에서 일어났다.

그러자 서장이 다급하게 그런 한수성을 만류했다.

"한 수사관, 내가 미안해. 실수를 했어."

"네. 그 실수, 고대로 감사 팀에 말하겠습니다."

더 이상 돌아갈 곳이 없다는 사실에 서장은 자리에 주저앉았고, 한수성은 그를 뒤로한 채 노형진을 따라 밖으로 나왔다.

노형진이 나가면서 경찰 감사 팀에 해당 사실을 통지한 데다 아마 경찰청장이 위에서 지랄하고 있을 테니 감사 팀은 번개같이 올 게 뻔했다.

"제가 당할 걸 알고 돌아오신 겁니까?"

나오자마자 담배부터 꼬나무는 한수성. 하긴, 속이 얼마나 타겠는가?

"뭐, 그것도 있지만 아까 사진이 엄청 많던데요."

"아, 따로 출력한 겁니다. 빡쳐서요."

이마 한수성은 다 뒤집고 그만둘 생각을 하고 있기에 아동 학대 관련 사진을 미리 확보해 둔 상황이었다.

"그거 파일, 혹시 받을 수 있을까요?"

"사진 파일요? 있으니까 드릴 수는 있습니다만, 뭐 하시려고요?"

"전시회를 할 생각입니다."

"네?"

노형진의 말에 한수성은 뭔 소리인가 하는 얼굴이 되었다.

"이걸로? 전시회요? 아니, 전시회는 예술 작품 같은 걸로 하는 거 아닌가요?"

"보통은 그렇습니다만, 이런 사건 사진으로도 할 수 있습니다."

"아니, 한다 한들 누가 보러 옵니까?"

"누가 보러 오길 기다리지 않고 사람이 많은 곳에서 할 생각입니다. 역이라든가 터미널이라든가 하는 곳에서요."

"아아~."

그 말에 한수성은 고개를 끄덕거렸다.

실제로 역이나 터미널에서 종종 사진이나 그림 전시회를 하는 경우가 있으니까.

전시회는 일반적으로 전시회장을 빌려서 하지만 문화 행사의 하나로 사람들이 많이 다니는 그런 장소에서 하기도 한다.

"이런 사건들은 널리 알려져야 합니다. 솔직히 한 수사관님이 말씀하신 것처럼 이게 1년이 가겠습니까, 2년이 가겠습니까?"

그 말에 한수성은 고개를 끄덕거렸다.

지금이야 국회의원인 송정한이 일을 키우고 있어서 관심을 받겠지만 장기적으로 봤을 때는 결국 잊힌다.

그래서 매년 그렇게 아동 학대의 피해 아동들이 발생해도 바뀌는 게 없는 거다.

어차피 정치인들 입장에서는 아동 학대의 피해 아동들에게 돈이나 표를 받아 낼 가능성은 없으니까.

"이걸로 전시회를 한다면……."

"네. 사람이라면 이걸 보고 양심에 찔리겠지요."

사회적 PTSD라는 게 있다. 일반적인 PTSD가 사람들의 경험에서 발생하는 거라면, 사회적 PTSD는 사회적 충격으로 발생한다.

그로 인해 약간의 우울감이나 우울증이 생기기도 한다.

노형진이 노리는 게 그거였다.

그런 충격을 준다면 아무리 일을 안 하는 국회의원이라고 해도 법을 바꾸는 것을 반대하지 못하게 된다.

"그렇다면……."

고민하던 한수성은 결심한 듯 핸드폰을 들어서 다른 사진을 보여 줬다.

"이건?"

그 사진을 보고 노형진은 흠칫했다.

아까 전에 본 사진과는 전혀 다른 것들이었으니까.

"아까 전 사진은 그래도 촬영이라고 해서 그나마 약한 걸로 보여 드린 겁니다."

사진 속의 아이는 얼마나 맞은 건지 얼굴이 퉁퉁 붓다 못해 눈두덩이가 부어서 눈도 제대로 뜨지 못하는 상황이었다.

그 사진뿐만이 아니었다.

팔과 다리가 기괴하게 꺾여 있는 아이의 사진, 온몸에 담배 빵으로 보이는 흔적이 가득한 아이의 사진.

그리고 마지막으로 온몸이 시퍼렇게 멍이 든 채로 시신 안치대에 올라가 있는 아이의 사진까지.

"이게 현실입니다. 누구도 신경 쓰지 않는 현실이죠."

"이걸 감췄다고요?"

"경찰 관련 자료 아닙니까? 이걸 누설하면 징계 대상입니다."

"아!"

그러니 이런 꼴을 보면서도 제보조차 할 수가 없는 거다.

그간 한수성이 얼마나 화가 났을지 추측하는 건 어렵지 않았다.

"이 사진, 저한테 보내 주세요. 이걸로 전시회를 할 테니까."

"이걸 보면 사람들이 진짜 엄청나게 화낼 텐데요."

한수성의 말에 노형진은 고개를 끄덕거렸다.

"맞습니다. 그리고 그게 정상이고요. 때때로 세상을 바꾸는 건 분노입니다. 분노가 없는 사람은 세상을 바꿀 수가 없지요."

노형진은 잔인하기까지 한 사진들을 보며 말했다.

"그리고 국민들의 분노는 한곳으로 쏠릴 겁니다."

⚖

얼마 후 전국의 역사와 버스 터미널에는 송정한과 강수련의 이름으로 해당 사진이 전시되었다.

일부 관리자들은 사진이 잔인해서 거부했지만, 대부분의 관리자들은 사건의 중요성 그리고 송정한이라는 국회의원의 힘과 강수련이라는 유명한 배우의 말에 별말 없이 허가를 내줬다.

사실 유튭만으로 그랬다면 이 정도로 전시회가 커지지는 않았을 테지만, 노형진의 작업 덕에 언론에서는 해당 사건에 관심을 보일 수밖에 없었다.

─아동 학대하는 놈들은 다 죽여야 해.

─내 아들 얼굴 보고 있으니 화가 난다. 애들이 뭘 안다고.

─이걸 알면서도 그냥 두고 있다는 게 말이나 됩니까?

─이 사진 보고 충격이 너무 커서 밥이 안 넘어간다. 아이들이 저렇게 죽어 갈 때 나는 배때기에 술이나 처넣고 있었겠지, 씨발.

사람들이 점점 관심을 가지자 언론에서는 하루가 멀다 하고 아동 학대 관련 이야기를 꺼냈고, 자연스럽게 송정한의 이름이 사건에 엮여 알려지기 시작했다.

알려질 수밖에 없었다.

"노 변호사, 이거 뭔가?"

송정한은 인터넷에 올라온 글을 보면서 눈을 찡그렸다.

갑자기 자신의 이름이 인터넷 검색어로 올라왔으니까.

사실 인터넷 검색어가 올라온 거야 이해는 한다.

하지만 그 이유가 가관이다.

"이놈들은 뭔가? 한국학부모아동교육권리위원회? 이런 곳이 있었어?"

"뭐, 좋게 말하면 아동의 훈육은 부모의 권한인 만큼 국회의원이 나서지 말라는 학부모 권리 단체입니다."

"들어 본 적도 없는데?"

들어 본 적도 없는 놈들이 갑자기 송정한을 대검찰청에 직권남용으로 고소했다.

그리고 그 사실을 언론에 알리면서, 국회의원들은 가정의 문제에 터치하지 말라고 하기 시작했다.

"이거 직권남용이 될 리가 없는데?"

"압니다."

"압니다? 잠깐, 자네가 왜 '압니다.'라는 대답을 하는 건가? 그리고 애초에 이런 듣도 보도 못한 단체를 자네는 어떻게 아는 건가?"

송정한은 살짝 의심스럽다는 듯 노형진을 바라보았다.

그 시선에 노형진이 씩 웃었다.

"애초에 한국학부모아동교육권리위원회라는 곳은 없거든요."

"뭐? 아니, 그러면 누가 날 고소했단 말인가? 설마 자네가?"

"네, 접니다."

노형진은 송정한에게 고개를 끄덕거렸다.

"아니, 왜?"

"범죄의 대상을 특정해야 싸우기 쉬우니까요. 의원님은 지금부터 관련 법을 만들 생각이시지 않습니까?"

"당연하지. 자네도 그러기 위해 날 찾아온 거 아니었나?"

법이 없기 때문에 시스템적으로 그들의 범죄를 막을 수가 없다.

그러니 법을 만들어야 한다.

만일 법으로 해결할 수 있는 문제였다면 노형진이 송정한을 찾아올 이유가 없다.

해결 방법이 없기에 법을 만들기 위해 찾아온 것이다.

"맞습니다. 그런데 얼마 전에 의원님이 그러지 않으셨습니까, 만들어서 올린다고 해도 통과는 불가능할 거라고?"

"끄응…… 그건 그렇지."

송정한이 가장 걱정하는 부분이 그거다.

현실적으로 지금 국회는 식물 국회 상태다. 어떤 법을 올려도 필사적으로 반대를 위한 반대를 하고 있는 자유신민당 때문에 국회가 제대로 돌아가지 않고 있다.

"이번 법도 마찬가지일 겁니다. 현실적으로 본다면요."

단순히 반대를 위한 반대만 하는 건 아니다.

그들이 반대하는 가장 큰 이유는 그 법이 통과되어서 국민들이 살기 좋아지면 그다음 선거에서 표가 그 법을 발안한 정당에 가기 때문이다.

종종 정권을 잡고 있던 정당이 권력을 잃어버린 후 전에 주장하던 법을 필사적으로 반대하는 경우가 있다.

그 이유는 간단하다. 그게 진짜 필요한 법이니까.

그리고 그 법을 만들었을 때 사회가 좀 더 살기 좋아지니까.

그런데 자신들이 만드는 게 아니라 반대 정당이 만들게 되면 결과적으로 표가 그쪽으로 쏠리니까.

다음 권력을 잡기를 원하는 그들에게 그건 엄청나게 부담스러운 일일 수밖에 없다.

"그래서 제가 가짜 단체를 만든 겁니다. 한국학부모아동교육권리위원회는 사실상 이름이나 주장에서 보다시피 기본적으로 아동 학대를 포장하는 느낌이 강하거든요."

"그래서 기자들에게 성명서를 발송한 건가?"

"네. 이름만 들으면 그럴듯하잖아요. 문제는 그게 진짜 그럴듯하면 안 된다는 거죠."

아동 훈육은 분명 부모가 해야 하는 일 중 하나이니까.

하지만 노형진은 성명서를 각 언론에 팩스와 이메일로 발송했다.

법률적인 단어를 써서 복잡하게 보이기는 하나 그 성명서의 내용 자체는 간단했다.

우리가 애를 두들겨 패든 학대를 하든 신경 쓰지 마라. 그건 우리의 권한이다.

"그리고 이렇게 이슈가 된 상황에서 언론이 그걸 가만두지 않을 겁니다. 실제로 일부 언론에서는 그 성명서를 신랄하게 비판했고요."

"그리고 그 단체에서 집중적으로 공격하는 게 다?"

송정한은 놀라서 헛웃음이 나왔다.

그 자체만으로 송정한은 아동 학대와 싸우는 바른 정치인이라는 확실한 이미지를 만들었고, 이미 전 국민이 아는 국회의원이 되어 버렸다.

사실 대한민국에서 국회의원의 숫자는 적지 않다.

정확하게 이백스물아홉 명이다.

그러나 국민들에게 물어보면 아마 아는 국회의원의 숫자가 열 명도 채 안 될 것이다.

"대한민국의 선거판은 이미지 선거입니다. 정치나 정책은 전혀 상관하지 않지요."

그냥 이미지가 좋으면 선거에서 표가 나온다.

그렇다 보니 선거철이 가까워지면 수많은 국회의원들이 이미지 세탁을 하기 위해 몸부림친다.

사실상 국회의원이 국민들에게 고개를 숙이는 유일한 시기가 바로 그때다.

"좋은 이미지는 이미 내가 선점했다 이거군."

국민들이 극도로 혐오하는 아동 학대 범죄 집단.

그들과 싸우느라 공격을 받는 송정한.

"대부분의 일에는 동전의 양면이 있다고 하지요. 그리고 그걸 이용해서 프레임을 걸곤 합니다. 하지만 단 하나, 범죄, 그것도 국민들이 극도로 혐오하는 범죄 집단에 대해서는 그러한 프레임을 이용한 설계가 불가능하죠."

복지를 늘리자고 한다? 그러면 빨갱이 프레임을 걸면 된다.

세금을 줄이자고 한다? 그러면 부르주아 프레임을 걸면 된다.

하지만 단 하나, 범죄자에 대한 실드는 불가능하다.

물론 군사 비리 같은 건 생계형 비리라는 둥 헛소리하는 놈들이 있지만, 아무리 뻔뻔한 인간이라고 해도 아동 학대를 실드를 칠 수는 없다.

"이미 선점하신 송 의원님이 그 이미지만 계속 지켜 나간다면 대통령 선거에서도 승리할 가능성이 크지요."

아무리 좋게 표현해도 믿을 수 없는 정치인이라는 이미지를 가진 국회의원과 믿을 수 있는 정치인이라는 이미지를 가진 국회의원의 싸움은 사실상 결판이 나 있다고 봐야 한다.

"물론 송 의원님이 섣불리 대선에 출마하신다고 발표만 하시지 않는다면 말입니다."

"하하하, 내가 그런 실수를 할 리가 없지."

크게 웃는 송정한. 그러나 이내 목소리를 낮췄다.

"하지만 그런 생각은 자네만 하는 게 아닐 걸세. 아마 내가 이미지가 좋아지고 대선 후보로 각광받기 시작하면 자유신민당에서 그냥 있지 않을 거야. 이번 사건도 마찬가지라네."

분명 반대를 위한 반대를 할 것이다. 그게 현실이다.

"송 의원님, 제가 왜 국민들에게 사회적 PTSD를 유발했는지 아십니까?"

"국민들에게 이번 사건을 각인시키려는 거 아닌가?"

"반은 맞습니다. 이 사건을 각인시키기 위해서지요. 그리고 PTSD가 되면 국민들은 그 사건을 잊어버리지 않습니다."

아무리 대한민국 국민들이 냄비 근성 어쩌고저쩌고하면서 무시받는다지만 그건 어디까지나 자신과 상관없는 이야기일 때에나 해당된다.

자신에게 큰 영향을 준 사회적 PTSD의 경우는 잊고 싶어도 잊어버리지 못한다.

"그건 단순히 송 의원님을 기억에 남기기 위한 게 아닙니다. 동시에 흑색선전을 위해 한 행동입니다."

"흑색선전?"

"네, 아, 마침 올라올 시간이네요."

노형진은 힐끔 시계를 보고는 핸드폰에 어떤 창을 띄웠다. 그건 다름 아닌 국민정치참여재단 사이트였다.

과거처럼 정책을 운영하는 사람들을 밀어주는 게 아니라 자신이 지지하는 정책에 기부금을 걸고, 그 정책을 시도하거나 시행한 사람에게 지급하는 정치 기부금 사이트.

실제로 그 사이트 덕분에 말로만 뭘 하겠다고 하던 정치인들은 상당히 곤란한 처지를 겪고 있다. 일단 그걸 통과시키지 않으면 돈이 들어오지 않으니까.

"동전의 양면성은 이런 것도 가능하지요."

"이런 거라니……. 잠깐, 이건? 이런 미친!"

방금 올라온 포상금 내역. 한국학부모아동교육권리위원회에서 내건 포상금으로 아동 학대 방지 관련법에 반대하거나 어떤 식으로든 해당 법을 폐기시키는 경우에 30억의 포상금을 지급하겠다는 내용이 올라와 있었다.

"이게 무슨……. 이게 말이 되나?"

"됩니다. 기본적으로 여기는 정치나 정책에 대해 포상금을 거는 겁니다. 반사회적인 행동을 막는 법이라고 할지라도 그게 법인 이상에야 당연히 올릴 수 있습니다."

"누가 이런 걸 받아들이겠나? 이런 걸 받아들이면 정치생명이…… 아차!"

송정한은 그제야 깨달았다.

어떤 방식으로라도 해당 법을 폐기시키는 경우에 30억을 주겠다는 내용이었던 것이다.

"국회에서 법안을 폐기시키는 방법은 세 가지뿐이지요."

법사위에서 커트하거나, 표결에서 반대표를 던지거나, 국회 출석을 거부해서 정족수를 미달시키거나.

"자유신민당이 쓰는 방법이군."

"맞습니다. 저쪽에서 잘 쓰는 프레임 전략인 거죠."

이 법이 어떤 식으로든 통과되는 순간 이들에게는 30억이라는 돈이 들어간다.

그리고 그 말은, 자연스럽게 자유신민당에 아동 학대 정당이라는 프레임이 생긴다는 걸 의미한다.

성범죄당, 뇌물당 등 별의별 비꼼을 다 받지만 아동 학대범 당이라는 이미지는 선거에서 치명적인 요소일 수밖에 없다.

"그 정도 미끼를 과연 민주수호당에서 놔둘까요?"

'봐라, 저 새끼들은 돈을 받기 위해 아동 학대범의 처벌도 반대한 놈들이다.'라는 건 정상적인 지식인층이라면 분노할 수밖에 없는 내용이다.

"더군다나 그건 자신들의 PTSD에 직접 연결되어 있으니까요."

그냥 정치적인 문제가 아니라 개인적인 충격과 혐오와 관련된 정책. 그걸 반대했다면 사람들은 그냥 넘어갈 수가 없다.

그 정책에 반대했다는 것 자체가 자신의 정신적 외상을 유지하는 가장 큰 이유가 될 테니까.

결국 그들에게 표를 준다는 것 자체가 현실적으로는 자신이 스스로 PTSD를 유발하는 꼴이 된다.

"국회의원들은 바보가 아닙니다. 이게 자신들에게 얼마나 불리한 선택이 될지 압니다. 그리고 다른 사건과 다르게 PTSD가 온 사건은 쉽게 잊히지도 않습니다."

시간이 얼마가 지나든 그건 기억난다.

설사 잠깐 잊어버린다 해도, 선거가 시작되어서 누군가 다시 떠올리고 언급하면 그 충격과 분노는 다시 생겨난다.

"처음부터 이걸 노린 건가?"

"네. 의원님이 통과가 불가능하다고 말하신 순간부터 준비한 겁니다."

"미치겠군. 역시 자네는 절대로 적으로 돌리면 안 되겠어."

국회의원의 권력은 국민의 지지에서부터 시작된다.

아무리 그들이 지지하는 세력이 나라를 팔아먹어도 찍어 준다지만, 이런 범죄에 대해서는 전혀 이야기가 다르다.

설사 찍어 준다고 해도, 부동층 입장에서는 이건 용납할 수 있는 일이 아니다.

자유신민당과 민주수호당은 대략 30%씩의 확고한 지지층이 있고 국민의 40%는 부동층이다.

그리고 이런 문제는 부동층이 움직일 수밖에 없는 구조를 만들어 낸다. 즉, 7 : 3. 애초에 싸움이 될 수가 없는 선거인 것이다.

"여기서 대표님이 하실 일은 간단하지요."

법을 밀어붙이는 것. 그리고 그 실적을 송정한이 모두 가지고 가는 것.

"다행히 이미 법안은 준비되어 있습니다."

다른 정치인들은 이제야 법안을 준비한다고 설레발치고 있겠지만 노형진은 이미 모든 것을 준비해 둔 상황이었다.

"법안은 네 가지입니다. 아동 학대 사범과 그 방조범에 대한 가중처벌 조항, 공무원들의 업무 관련 소송에 대한 국가 지원 정책, 혈연 상실 제도, 마지막으로 아동 학대 관련 단체에 관한 겁니다."

그중 세 가지는 모두 아동 학대범들에게는 치명적이다.

방조범도 가중처벌이 되는 이상 경찰이나 사회단체에서 더는 모른 척할 수 없게 되고, 설사 가해자들이 그들을 고소한다고 해도 업무와 관련된 보복성 소송인 이상 경찰도 변호사나 배상금을 책임져야 하기에 제대로 방어할 수밖에 없다.

그리고 마지막으로 혈연 상실 제도는, 그렇게 아동 학대를 하면서 괴롭히다가 나중에 성장한 아이에게 부양을 강요하는 부조리를 막을 수 있다.

마지막으로 아동 학대 관련 단체에 관한 건 법원에서 전문가를 대동해 아동 학대 판단 여부를 판단하도록 했다.

지금은 개인 단체에서 임의로 판단하고 그마저도 신고 의무가 없어서 자기들 마음대로 이름만 올리고 있으니까.

"안 그래도 놀랍더군. 기가 막혀서 말이 안 나와."

익명의 제보에 따르면 아동 학대를 한 게 아니라 진짜로 훈육했음에도 불구하고 아동 학대범으로 전산상에 올라와 있는 사람이 있는가 하면, 반대로 주변에서 신고가 들어온 걸 보면 아동 학대범이 맞는데도 불구하고 전산상에는 등록되지 않은 경우도 많았다.

그건 단체가 몰랐다기보다는, 그 아동 학대를 신고했음에
도 보복이 두려워 올리지 않았다고 보는 게 맞았다.

실제로 제보자에 따르면 아동 학대 사범이 휘발유와 라이
터를 들고 단체를 찾아갔고, 그날 저녁에 전산에서 빠졌다고
하니까.

"이 정도만 해도 아동 학대범들은 빠져나가지 못할 겁니다."

노형진은 자신할 수 있었다.

⚖

송정한은 당장 발의자들을 찾아다녔다.

물론 발의했다는 것 자체가 국민들에게 관심을 끌 수 있는
요소이기 때문에 자신을 밀어주기로 한 사람들만을 찾아다
녔다.

"끄응……."

법사위의 양유언 의원은 머리가 아파 왔다.

그는 자유신민당 소속으로, 법사위에서 어지간한 법은 커
트시키라고 당의 지령을 받은 상태였다. 하지만 그것도 어느
정도일 때나 가능한 일이었다.

"이걸 그냥 통과시킬 수는 없습니다."

같은 당 소속 의원의 말에 양유언 의원은 답답해서 말이

안 나왔다.

"소 의원, 그러면 소 의원이 책임지고 이거 커트할 거요?"

"아니, 그건……."

"우리가 커트하면 무슨 꼴 날 것 같소?"

언론에서 이 사건에 대한 일거수일투족을 다 보도하고 있는 상황에서 이 안건을 총대를 메고 커트하면 자신들의 인생은 끝장이다.

"차라리 돈이라도 많이 주면 모를까."

30억. 많다면 많고, 적다면 적은 돈이다.

단순 금액으로 친다면 많은 돈이지만 법사위에 속한 의원들과 나누고 거기에서 40%의 세금을 떼고 나면 푼돈이 되는데, 그 정도 돈은 지금도 전화 한 통이면 받아 낼 수 있다.

"하지만 국민들은 그 돈을 노리고 우리가 커트한 거라고 믿을 거요."

당연히 그러면 분노는 자신들에게 향할 테고, 자신들이 다음 선거에서 다시 공천을 받을 가능성은 없어진다.

설사 공천을 받는다고 한들 이 문제를 민주수호당에서 그냥 두고 볼 리가 없으니 선거 중에 언급할 것은 당연한 일. 그럴 경우 광속으로 탈락할 건 불 보듯 뻔했다.

"그렇다고 해서 안건을 올릴 수는 없지 않습니까?"

"안건을 올린다면……."

그러면 당에서 잘라야 하는데, 그렇게 되면 그 돈을 받는 건 자신들이 아닌 당이 된다.

그 말은 다음 선거에서 불리해지는 건 마찬가지라는 거다.

"우리가 커트하자니……."

사실 당에서는 커트하라고 했다. 이게 통과되면 송정한과 민주수호당의 이름이 유명해질 건 당연한 일이니까.

하지만 그렇게 되면 자신들만 독박을 쓰게 된다.

"더군다나 이번 한 번만 그러는 것도 아닐 테고."

설사 이번 회기에서 커트한다고 해도 송정한은 다음 회기에 올리면 그만이다.

그리고 그때마다 자신들이 커트한다면?

"돌겠네……."

자신들의 정치적인 생명은 끝난다고 봐도 무방하다.

돈이 문제가 아니다. 그깟 몇억, 안 받아도 받을 방법은 다 있다.

그러나 정작 권력을 잃어버리면 돈을 받아 내기는커녕 역습이 들어올 걸 두려워해야 한다.

'그 소문이 사실이라면…….'

최근에 송정한 의원의 사무실에 노형진이 들락거리고 있다는 소문은 어렵지 않게 알 수 있었다.

만일 이 모든 사건의 뒤에 그가 있다면?

그 후에 어떤 일이 벌어질지가 두려웠다.

"통과시킵시다."

"양 의원!"

"애초에 막아 봐야 결국 우리만 죽는 거 아닙니까? 어떤 선택을 해도 결국 출당은 확실한데 어쩔 겁니까?"

"……."

확실히 그렇다. 이러나저러나 다음 선거에서 공천은 이미 글렀다고 봐야 한다.

그나마 이미지라도 괜찮다면 무소속 출마 이후에 당에 복귀하는 것이라도 꿈꿔 보겠지만, 이미지가 박살 난다면 자신들은 끝장이다.

'내가 법사위에 오는 게 아니었는데.'

사실 법사위는 그 힘에 비해 인기가 있는 위원회는 아니다.

그도 그럴 것이, 법사위는 대한민국의 법률을 고치기 위해선 필수적으로 통과해야 하는 곳이기에 권력 자체는 강하지만, 일반적으로 돈이 흐르는 곳이 아니다 보니 인기가 없었던 것이다.

국토위처럼 전국의 개발계획에 접근할 수 있는 것도 아니고, 문광위처럼 관광 관련 로비나 자금이 들어오는 것도 아니며, 예산위처럼 막대한 돈을 쥐고 흔드니 잘 보이려고 로비하는 곳도 아니니까.

그렇다 보니 어중간한 양유언 의원 같은 사람들만 와서 자리를 채운다.

그리고 어중간하다는 것은, 당 입장에서는 언제든 버려도 상관없는 존재라는 의미다.

"통과시킵시다."

양유언의 말에 소 의원은 눈을 찡그렸다.

하지만 그 역시 혼자 죽고 싶은 생각은 전혀 없었다.

법사위에서 통과되고 나자 그다음부터는 빠르게 진행되었다.

"만장일치로 아동 학대 관련 범죄 가중처벌법이 통과되었습니다."

국회의장은 의사봉을 두들기면서 말했고 송정한은 쓰게 웃었다.

지난 몇 달간 사실상 식물 국회였던 곳이 설마 만장일치로 이 법을 통과시킬 거라고는 생각을 못 했으니까.

그리고 그 시각, 국회 방송을 통해 그 장면을 보고 있던 한수성도 쓰게 웃었다.

"진짜로 이렇게 쉽게 통과되는 거였습니까?"

"그럴 수밖에 없을 겁니다. 국회에서의 표결은 기명으로 이루어지니까요."

국회의 모든 투표는 실명으로 이루어진다.

당연히 이런 법에 대해 반대하면 그 국회의원은 아동 학대범이라는 프레임을 뒤집어쓰게 된다.

"그래서 반대하는 놈들은 법사위에서 커트해 주기를 바랐을 테지만요."

하지만 법사위 의원들은 자신들이 살아야 했기에 결국은 통과시켰고, 실명이 드러난 상태에서 이 법을 반대할 만한 사람은 없었다.

"그런데 그러면 피해를 입으시는 거 아닙니까? 30억이나 줘야 한다면서요?"

한수성의 말에 노형진은 고개를 흔들었다.

"아니요. 안 줘도 됩니다. 애초에 법의 통과를 저지해야 한다는 조건이 붙어 있었으니까요."

"아!"

하지만 누구도 반대하지 않았으니 아무에게도 줄 이유가 없다.

"애초에 줄 생각도 없었습니다."

물론 30억이라는 돈을 재단에 기탁해 놨지만 이제는 조건 이 불충분하게 되었으니 돌려받으면 그만이다.

"이제 걱정 없이 아동 학대범을 조사하시면 될 겁니다."

"뭐, 이제 그건 후임들에게 맡길 생각입니다. 저는 지랄맞 아서 더 이상 못 해 먹겠다 싶어서요."

한수성은 쓰게 웃었다.

"결국 그만두기로 마음을 굳히신 겁니까? 상황이 바뀌었 는데요."

"상황이 바뀌었지만, 너무 지쳐서요. 아실지 모르겠지

만…… 인간 자체가 혐오스럽습니다."

"이해는 합니다. 변호사들 중 상당수가 그런 과정을 거치거든요."

매일같이 보는 놈들이 범죄자에 미친놈투성이이다 보니 세상이 우울해지는 건 어떻게 보면 너무나 당연한 일이다.

"그래도 후임들을 위해 큰 거 하나 고치고 가시는 겁니다."

이제 후임들은 아동 학대 범죄를 수사할 때 최소한 가해자인 부모들의 협박과 고소와 고발에서는 보호받게 되었으니까.

"뭐, 퇴직 선물이라고 하기엔 애매하지만 제가 준비한 게 있습니다."

"선물요?"

한수성이 고개를 갸웃하자 노형진은 뭔가를 꺼내서 보여 줬다.

그걸 본 한수성의 눈은 아까와 다르게 엄청나게 커졌다.

"이건?"

"그 자살한 아이의 부모입니다."

"압니다. 그런데 어떻게?"

수사와 관련해서 한수성과 그 상부에 압력을 가해서 결국 혐의에서 벗어났던 부모들.

그래서 아이를 데리고 가서 죽게 만든 부모들.

그들에 대한 검찰청 결과 통지 서류였다.

"자살 교사라고요? 하지만 전에 검찰에서는 증거가 없다고 기소조차 하지 않았는데요?"

그래서 그들은 애를 죽이고도 뻔뻔하게 잘 살았다.

집안에서 벌어진 범죄에 대해 검찰에서 증명할 방법이 없다면서 발을 빼 버렸기 때문이다.

실제로 자살 교사를 증명하기 위해서는 가서 죽으라는 말을 해야 하니까.

하지만 집 안에서 그런 말을 한 걸 증명할 방법이 없었다.

"집 안에서는 그렇지요. 하지만 보호시설이라면 다르지요."

"보호시설……?"

"혹시나 해서 보호시설에 확인해 봤습니다. 다행히 그 당시를 기억하는 사람이 있더군요."

보호시설에서는 부모가 요구하면 아이를 돌려보낼 수밖에 없다.

그런데 그 당시에 부모라는 인간이 피해 아동을 집에 데리고 가면서 죽여 버리겠다고 말했다는 증언이 있었다.

"살인을 하지는 않았지만, 아이가 자살을 생각할 수 있는 이유가 된 거죠."

"검찰은 그 사실을 알면서도 모른 척한 겁니까?"

"귀찮으니까요."

보호시설의 증인까지 찾아가면서 처리하기 귀찮으니 그냥 자살로 처리한 것이다.

어차피 그런 애 하나 죽었다고 해서, 그들 표현을 빌리자면 세상이 바뀌는 것은 아니니까.

"허…… 미친."

"하지만 이제는 상황이 바뀔 겁니다."

이제 혐의가 있는 경우는 아이를 데리고 가지 못한다.

그리고 아이가 원하는 경우에도 절대로 데리고 가지 못한다.

한수성은 왠지 눈물이 흘렀다.

평생을 이기지 못할 싸움을 한다고 생각했다. 그래서 다른 부서로 갈까 고민도 많이 했다.

하지만 죽어 가는 아이들 때문에 떠나지도 못했다.

"감사합니다. 이제 속 시원하게 떠날 수 있겠습니다."

"그동안 고생 많으셨습니다."

노형진은 한수성을 보고 진심을 담아서 말했다.

검은 머리가 파뿌리가 되도록?

"이혼소송요?"

노형진은 고개를 갸웃했다.

지금까지 수많은 사건들이 있었다.

하지만 노형진에게 이혼소송이 오는 경우는 아주 드물었다.

"저 말고도 이혼소송 전문가는 많은 걸로 알고 있는데요."

노형진이 이혼소송을 꺼리는 건 아니다.

하지만 이혼소송의 경우는 워낙 사건이나 판례, 사례도 많다 보니 그걸 전문으로 하는 변호사들이 상당히 많은 데다가 대부분의 경우 이혼소송은 더러울지언정 난이도가 높은 소송은 아니었기에 어려운 소송을 사례화하는 노형진에게는 올 일이 없었다.

그러나 김성식의 표정을 보니 뭔가 다른 모양이었다.

"일반 소송이라면 그렇지. 하지만 자네도 부부 강간이 법제화된 거 알지?"

"아, 한 번에 이해가 가는군요."

한국에는 부부 강간죄가 있다.

과거에는 부부간의 강간에 대해 인정하지 않았지만 2013년 대법원 판례가 바뀌면서 부부 강간이 인정되었다.

부부간의 성관계가 의무는 아니며 상대방의 동의가 없는 건 명백하게 강간이 맞다는 판례다.

"하긴, 시간이 좀 지났으니 그 문제가 슬슬 나타날 시점이네요. 애석하게도 세상에 완벽한 건 없으니까요. 도리어 이제야 표면에 나온 게 어떻게 보면 늦었다고 봐야겠군요."

사실 부부 강간죄 자체가 문제가 있는 것은 아니다.

결혼했다고 하더라도 현실적으로 부부간의 성적 자기 결정권은 인정되어야 하니까.

물론 결혼한 남자들이 우스갯소리로 의무 방어전이니 어쩌니 하지만, 개인의 의사에 반하는 성관계는 확실히 해서는 안 되는 행동이다.

그게 남자든 여자든 말이다.

"하지만 요즘은 일부 변호사들이 안 좋은 수법을 쓴다고 하더군. 이번 사건도 마찬가지이고."

"부부 강간으로 엮었다는 거군요."

"그래. 이혼할 때는 효과적인 방법이기는 하지."

이혼하고 싶다. 그런데 상대방에게 귀책사유가 없다면, 이혼하고 싶어 하는 사람 입장에서는 여러모로 곤란한 게 많다.

일단 귀책사유가 없으면 상대방에 대한 이혼소송이 쉽지 않다. 귀책사유가 없는 상황에서 이혼소송을 하게 되면 그 경우 이쪽에 귀책사유가 먼저 발생하는 거니까.

신의성실의원칙을 먼저 어긴 셈이 되는 것이다.

그리고 설사 귀책사유가 없다 해도 재산 분할의 문제도 있다. 법원은 재산 분할할 때 귀책사유가 있는 사람에게 지분을 적게 주니까.

"그런데 일부 변호사들이 의뢰인들에게 부부 강간을 엮으라고 하는 모양이야. 이번 사건도 그렇고. 증명하지 않아도 되니까."

'하긴, 원래 역사에서도 그랬으니까.'

강간의 경우는 명백하게 귀책사유가 되고 대상의 형사처벌이 가능한 형법상의 범죄이다.

당연히 그것이 인정되면 이혼 시에 재산상으로 불리할 뿐만 아니라 그와 별도로 합의금을 내야 한다.

"극히 일부라고 하지만 그걸 이용해서 승소를 이끌어 내는 변호사가 있네. 이번 사건도 마찬가지이고."

"사람이 양심이 있다면 그러면 안 되는데요."

"그러니까 말이야. 뭐, 그런데 그런 변호사들은 대부분 실력이 없지. 자기가 실력이 없으니까 죄를 조작해서라도 이기고 싶은 거야."

문제는, 모든 법에는 허점이 있고 그걸 악용하는 인간이 있다는 것이다.

부부 강간이 불법이고 범죄라는 점은 확실하지만 또 동시에 그걸 증명하는 건 아주 힘든 일이라는 게 문제다.

"자네도 알다시피 현재 대한민국은 성범죄에 대한 일관된 진술은 다 인정하는 상황이지."

그렇다 보니 전 세계에서 무고 비율이 가장 높은 곳도 대한민국이다.

"더군다나 이런 부부 강간의 경우는 아예 증거 자체가 존재할 수가 없으니까."

그나마 일반 강간의 경우는 모텔 등지의 CCTV가 있거나 그 이후에 주고받은 애정 어린 문자 등의 증거를 통해 무죄가 나오기라도 하지만, 이 부부 강간의 경우는 그걸 증명할 수단이 없다.

부부 강간이 가장 많이 벌어지는 곳은 집이며, 집 내부에 CCTV 같은 걸 설치하는 사람은 없거니와, 어찌 되었건 부부인 관계로 강간이 이루어진 후에도 대꾸는 해야 하니까.

가정을 지킬 생각에 꾹 참았다고 하면 그만인 거다.

더군다나 이혼할 정도면 부부관계가 좋을 수가 없다는 건데 서로 행복한 문자를 주고받거나 하지는 않을 테니 그걸 부부 강간에 대한 반감으로 포장하는 것도 어려운 일은 아니었다.

"안 그래도 법원 내부 사건 분석 보고서가 나왔는데, 이혼 소송 중에 부부 강간으로 고소가 들어가는 비율이 점점 높아지고 있다고 하더군."

"많이 높다고 하던가요?"

"여자들이 불리한 소송에서는 거의 한 번은 이야기가 나오는 모양이야."

"재판부도 곤란한 상황이겠군요. 단순 이혼소송과 부부 강간은 전혀 다른 상황인데 말이지요."

그 말에 김성식은 꺼림칙한 표정으로 고개를 끄덕거렸다.

"그리고 이건 시작일지도 모르지. 더군다나 비동의 강간죄 이야기도 워낙 많으니까. 까딱 잘못하면 이혼소송이 모조리 다 강간으로 걸릴 판국이야. 그놈의 성인지 감수성이 뭔지."

"설마 그게 통과되겠습니까?"

노형진은 그렇게 말하다가 살짝 흠칫했다.

원래 역사에서는 비동의 강간죄는 끝까지 통과되지 않았다.

하지만 노형진 때문에 워낙 역사가 많이 비틀려서 어떻게 될지 확신할 수가 없었다.

"정상적인 상황이라면 절대 안 되겠지. 애초에 법 자체가 비정상이니 말이야. 하지만 법을 모르는 사람들이 보기에는 그럴듯하다는 게 문제지. 아마 비동의 강간죄가 신설되면 거의 대부분의 이혼소송에서 비동의 강간죄를 엮는 형태가 될 걸세."

고개를 절레절레 흔드는 김성식.

그럴 수밖에 없는 게, 비동의 강간죄라는 건 애초에 개념의 중복이기 때문이다.

일단 강간이라는 건 기본적으로 비동의가 포함된 개념이다.

서로 성관계에 동의했는데 어떻게 강간이 성립될 수 있겠는가?

실제로 강간죄의 규정은 속임수나 폭력, 위계에 의한 압력 등을 처벌 요건으로 한다.

동의 여부를 판단하는 것도 꽤 애매한 면이 있다. 술을 마시고 관계를 맺었는데 그게 동의인지, 아니면 술에 취해 완전히 저항할 수 없는 상황에서 강제로 당한 건지 알 방법이 없기 때문이다.

그럼에도 불구하고 비동의 강간죄라는 걸 주장하는 건 일종의 분위기적인 압박 문제 때문이다.

가령 썸을 타는 두 남녀가 있을 때 주변에서 그 사실을 알고서 괜히 밀어준다고 술 게임을 한다면서 "뽀뽀해!"를 연호

한다면?

그들은 나름 밀어준다고 한 걸지도 모르지만 두 사람에게 는 큰 민폐가 될 수도 있다.

서로 부담감에 멀어질 수도 있는 거고 말이다.

비동의 강간죄는 그런 부분을 주장하는 것이다.

적극적인 위력 행사가 없더라도 분위기로 압박하는 경우 또한 강간이다 이거다.

그러나 그러한 판단의 가장 큰 문제는 당사자의 심정이다.

법이 아무리 발달하고 주변에 증거가 넘쳐도 사람의 그 당 시 심정을 읽어 낼 방법은 없다.

열 길 물속은 알아도 한 길 사람 속은 모른다는 말이 괜히 생긴 말이 아닌 거다.

그 당시 뽀뽀가 주변의 "뽀뽀해!"라는 압박에 의해 한 건 지, 아니면 썸을 넘어서 연인이 되기 위해 한 건지 법은 알 수가 없다.

다른 문제는 저러한 분위기를 구성한 사람들의 처벌이다.

만일 비동의 강간죄가 만들어지고 저런 분위기에서 어쩔 수 없이 뽀뽀를 했다고 치자.

그러면 법률상으로는 저기서 밀어주겠다고 "뽀뽀해!"를 연호한 사람들은 성추행의 교사범 또는 공범이 되어 버린다.

이 모든 것이 결국 전적으로 그건 피해자라 주장하는 사람 의 말에 의존해야 한다는 걸 의미한다.

비동의 강간죄의 가장 큰 문제는 당시에는 동의하에 성관계를 맺어 놓고 나중에 한쪽이 일방적으로 변심해서 강간으로 신고해도 상대는 처벌 대상이 된다는 거다.

쉽게 말해서 2개월 전에 커플로서 관계를 맺었다가 한 달 후 헤어지고 나서, 피해자라고 주장하는 쪽에서 화가 나서 강간으로 신고하는 경우 상대방은 무조건 처벌받는다는 거다.

그런데 현실적으로 높은 비율로 강간죄의 가해자로 지목당하는 게 남자인 데다, 강간죄 신고가 들어가면 남자는 무죄를 증명하는 게 쉽지 않다.

빤히 보이는 CCTV 영상조차도 재판부에서 인정하지 않는 경우가 제법 많은 게 현실이니까.

실제 강간조차도 무고가 들어가면 한 적이 없는 것을 증명해야 한다는 비논리적인 상황에 부딪히게 되는데, 이 비동의 강간죄로 엮여 들어가면 신고당한 사람은 그 당시에 정서적 압박 같은 게 없었다는 걸 증명해야 한다.

그런데 상식적으로 헤어질 거라 생각하지 않은 상황이었고 커플이 계속해서 녹음 기능을 틀어 놓지 않는 이상에야 정서적으로 압박하지 않았다는 것을 어떻게 증명하겠는가?

즉, 이 비동의 강간죄라는 것이 성인 남녀가 성관계에서 트집을 잡으려고만 한다면 무차별적인 고소가 가능한 위헌적인 법률이다 보니 법에 대한 개념이 전혀 없는 일부 의원들이 표를 끌어모을 목적으로 계속 시도하는 것이다.

대부분의 강간 범죄의 피해자는 여성이니, 여성의 표만 당겨 오면 자신의 능력이나 실적과는 상관없이 권력을 유지할 수 있기 때문이다.

물론 해외에서는 동의 여부가 강간죄의 중요한 성립 판단 요건이 되기는 한다.

하지만 다른 나라와 다른 한국의 가장 큰 문제는, 그 나라들은 기본적으로 죄형법정주의와 증거재판주의가 우선된다는 거다.

설사 여자가 갑자기 나중에 마음이 돌변해서 강간으로 고소한다 한들 그 당시의 동의 여부가 중요한 거지 나중에 이루어진 변심은 그 당시 관계의 강제성에 영향을 끼치지 못한다.

즉, 그걸로 기소하기로 결정했다면 검찰에서 그 당시 여성이 심리적 압박을 받고 있었다는 걸 증명해 내야 한다.

그에 반해 한국은 기본적으로 성범죄에 대해서는 증거재판주의와 무죄 추정의 원칙을 성인지 감수성이라는 이름으로 부정하고 있다는 것이다.

즉, 검찰이 기소를 통해 그 당시에 심리적 압박이 있었다는 걸 증명해야 하는 게 아니라, 반대로 남자가 그 당시에 심리적 압박이 없었다는 걸 재판부에 증명해야 한다.

당연히 존재하지 않았던 것을 증명할 방법은 없고, 스물네 시간 녹음 시스템을 갖추어 둔 게 아니라면 절대 벗어날 수가 없는 범죄 고발이라는 의미다.

사실 대법원의 재판부에서 말하는 성인지 감수성의 감안이란, 엄밀하게 말하면 설사 사건 이후에 피해자인 여성이 피해자로서의 일반적인 모습을 보이지 않는다 해도 그 사람이 피해자가 아닐 거라는 속단을 하지 말고 엄정중립 하게 사건을 판단하라는 의미다.

 가령 강간 사건 발생 이후에 강간 피해자가 가해자와 친밀한 모습을 보이는 것은 일반적이지는 않으나, 개개인의 사정이 다 다르고 두 사람이 교제 중이라고 착각하여 응하였거나 상대방에게 두려움을 느껴서 친밀한 척 행동했을 가능성이 존재하므로 일반적인 강간 피해자의 모습을 보이지 않았다고 그 사람이 강간 피해자가 아니라는 확신은 하지 말고 엄중 수사하라는 의미였다.

 실제로 모 사건에서 감자탕집에서 고기를 발라 준 것을 하급심 재판부에서 성관계의 동의라고 판단하는 병신 같은 판결이 나자 나온 말이었다.

 그러나 일선에는 자신들의 편의를 위해 그걸 곡해해서 여자가 피해라고 주장하면 남자는 무조건 가해자이며 성범죄에 관해서는 무죄 추정의 원칙이 무시된다고 받아들여 버렸다.

 실제로 한국에서 성범죄 신고가 들어가면 실제로 단 한 번도 본 적이 없는 사람이라고 할지라도 무조건 성범죄자로 처벌받는 게 현실이다.

이 비동의 강간죄 역시 마찬가지.

법률적인 정확한 표현은 그 동의가 이루어진 시점에 강압적이지 않았다 하더라도 그걸 받아들일 수밖에 없는 분위기를 만들어 가든가 관계를 해 주지 않는다고 화내는 식으로 상대방에게 심리적 압박을 가하든가 하는 것을 판단하라는 의미인데, 한국에서 비동의 강간죄는 이상하게 해석되어서 나중에 마음이 바뀌면 무조건 강간 성립이라는 황당한 형태의 법으로 나온 것이다.

물론 이런 법은 통과되어도 위헌 소송에서 날아가 버린다.

당연하게도 그걸 주장하는 국회의원들이 모르지는 않는다.

그 법을 만들 때는 전문가들의 도움도 받을 수 있고 주변에서 조언도 해 주니까.

"오로지 이슈만 빨아먹고 버릴 셈이겠죠."

실제로 현재 그들이 주장하는 형식의 비동의 강간죄는 턱도 없는 소리지만 그걸 주장하면서 지속적으로 여성계에서 자신의 입지를 키우는 게 그들의 목적이다.

그들의 속이 뻔히 들여다보이는 게, 이 뉴스를 들은 일부 네티즌들이 다음부터는 성관계할 때마다 녹음해 놔야겠다고 자조적으로 말하자 다른 정치인은 성관계 동의와 관련해서 개인 간의 녹음을 불법으로 해 버리는 법을 입법했다.

일단 당사자 간의 녹음이 현행법상 합법임은 둘째 치고 그런 사건에서 상당한 수의 사건이 녹음 등으로 무고로 넘어간다는 점을 감안하면, 그냥 대놓고 '여자가 고소하면 남자는 무조건 성범죄로 처벌받아야 하며 어떠한 저항도 불허한다.'라고 말하는 꼴이다.

그러자 이제는 아예 계약서를 만들어서 지장까지 찍어야겠다는 소리가 나왔다.

그러나 법적으로 봤을 때 그건 자기 보호 방법이 될 수가 없다.

이 비동의 강간죄에 따르면 관계 중에 여자가 순간 변심해서 멈추라고 했는데 멈추지 않은 경우, 그 순간부터 사전 계약이나 동의에 상관없이 강간이 성립되기 때문이다.

과연 이런 말도 안 되는 법이 통과될까? 될 리가 없다.

하지만 그 법을 만들어 내고 입안함으로써 그 국회의원은 자신의 이름을 일부 여성 유권자들의 머릿속에 박아 넣는 것이다.

"의뢰인은 뭐라고 하던가요?"

"그 당시에 집에 있었던 것은 사실이라고 하더군. 그렇지만 성관계는 없었다고 주장하고 있네."

"그 이전 부부 관계는요?"

"애초에 거의 3년간 섹스리스 상태였다고 하더군. 뭐, 부부가 사이가 좋다고 말할 수는 없는 상황이고."

하긴, 그러니까 이혼하겠다는 말이 나왔을 것이다.

"이혼의 원인은요?"

"단순히 서로 안 맞는 모양이야."

"누가 바람피우거나 한 건 없고요?"

"그런 건 없나 보더군."

"확신은 못 한다 이거군요."

"뒷조사를 하거나 한 게 아니라면 알 수 없는 일이지 않나? 이제 와서 뒷조사시킨다고 해서 뭐가 나올 것 같지는 않네만."

"이혼소송을 먼저 건 쪽은요?"

"여자 쪽이네."

"그러면 사실상 바람피우고 있었는지 증명할 방법은 없겠군요."

이혼소송은 엄청 더럽게 이루어진다.

당연히 그 과정에서 이혼소송을 하는 배우자의 뒤를 캐는 건 자연스럽게 벌어지는 일 중 하나다.

한국의 흥신소가 다 그걸로 먹고산다고 해도 과언이 아닐 만큼.

소송이 진행되기 전이라면 모를까, 이미 진행되는 상황에서는 설사 불륜을 하고 있다고 하더라도 그걸 걸리게 다니는 사람들은 거의 없다.

까딱 잘못해서 증거라도 걸리면 소송이 기각될 뿐만 아니라 역으로 이혼소송을 당할 수도 있으니까.

"하긴, 거는 것과 당하는 건 상당히 다르죠."

대한민국은 이혼할 때 과실이 있는 사람의 소송은 받아들여 주지 않는다. 즉 귀책사유가 없어야 이혼소송이 가능하다는 건데, 불륜이 걸리면 귀책사유가 발생해서 소송이 기각된다.

상대방이 불륜을 알고 소송을 걸게 되면 재산의 분할이나 양육권에 있어 불리해지는 건 당연한 일이고 말이다.

"한번 자료를 봐야겠네요."

그 말에 김성식이 소송 관련 서류를 내밀자 노형진은 그걸 받아 들고 차분하게 읽었다.

그제야 대충 상황을 알 것 같았다.

"이혼 사유가 일중독인 것 같군요."

"나도 같은 생각일세."

남자는 게임 개발자다. 그것도 팀장급.

"그쪽이 열악하기 그지없죠."

게임 업계는 사람을 갈아 넣기로 유명하다.

유명 기업들조차도 회사 안에 좀비가 돌아다닌다고 할 정 도로 바쁘고 일이 힘들다.

그렇다 보니 집에 거의 들어가지 못했고, 그게 결정적인 이혼 사유가 된 것 같았다.

"일단 일중독이 귀책사유인 건 알겠는데."

한 달에 집에 들어오는 날이 많아야 닷새라는 건 진짜 심 각한 문제이기는 하다.

그렇다고 해서 남자가 바람피운 거냐면 그것도 아니다.

이쪽에서 제출한 근무 기록을 보면 진짜 집에 가지 못한 것뿐이니까. 전산으로 자동 등록되는 것인 만큼 그걸 조작할 방법은 없다.

"일단 초기 고소장에는 강간이라는 이야기가 없군요."

"그래. 그리고 변호사를 선임하고 나서 나오기 시작하지."

변호사가 제출한 추가 서면을 보면, 의뢰인은 집에 오면 강제적으로 부인과 관계를 가지고, 그렇게 자신의 성욕을 풀고 나면 혼자 잠들었다가 다음 날 아침에 말도 없이 출근하는 생활을 무려 5개월이 넘게 했다고 쓰여 있었다.

쉽게 말해서 부인을 자기 성욕 처리용으로 썼다는 뜻이다.

그리고 참고 자료로 강간 관련 수사 중임을 알리는 접수증이 들어가 있었다.

"너무 작위적인데요?"

한 달에 고작 닷새만 집에 갈 수 있을 정도로 바쁜 사람이다.

쉽게 말해서 일주일에 한 번 정도 갔다는 건데, 그런 사람이라면 그냥 집에서 자길 바라지. 성관계를 한다고?

"진짜 그랬으면 이미 과로로 죽었을 것 같은데요."

"물론 일반적으로는 그렇게 생각하겠지. 하지만 일단 한국에서 성범죄로 엮이면 뒤집는 게 쉽지 않으니까."

"하긴, 증명할 방법도 없고 애매하군요."

자주 가지는 못했지만 집에 들어온 시간이 주로 낮이었다.

퇴근 시간이 찍혀 있으니 그걸 여자 쪽에서 뒤집지는 못할 게 뻔할 터, 그 말은 실제로 낮에 퇴근했다는 건데.

"이러면 증인을 구하는 게 사실상 힘들죠."

낮에는 대부분의 사람들이 출근해서 일할 시간이니까.

"그렇게 다섯 달이라……. 원래 의뢰인이 성욕이 강한 편입니까?"

"자기는 아니라고 하더군. 뭐, 진실은 알 수 없지만."

"하긴, 의뢰인의 말을 마냥 믿을 수는 없죠. 하지만 처음부터 부부 강간이 들어가지 않은 점을 보면 확실히 이상하기는 합니다."

부부 강간은 아주 강력한 이혼 사유이자 동시에 귀책사유다.

괜히 강간을 영혼의 살인이라고 하는 게 아니다.

한 사람의 존엄성을 해치는 행위니까.

하지만 그래서 이상했다.

"만일 실제로 부부 강간이 있었다면 처음 넣은 소장에 한 번이라도 부부 강간 이야기가 나왔어야 하는데요."

하다못해 강제적 성관계라는 표현이라도 들어가 있어야 한다.

하지만 첫 번째 소장에 따르면 이혼의 가장 큰 이유는 가정의 소홀이었다.

성관계에 대해서는 전혀 이야기가 없었다.

"어떻게 생각하나? 내가 봐서는 뭔가 이상하다고 느껴지거든."

"저도 그렇습니다. 소장을 작성할 때 갑자기 이렇게 논점이 바뀐다는 건 문제가 있다는 거죠."

소송할 때 어디에 비중을 둘 것인가는 무척이나 중요한 사항이다.

"첫 소장에는 가정에 대한 소홀이 절대적 비중을 차지합니다. 그런데 추가 서면에서 갑자기 강간 비중이 절대적으로 늘어납니다. 물론 가정에 대한 소홀이 완전히 빠진 건 아닙니다만."

정상적인 변호사라면 이런 식으로 소장을 쓰지는 않는다.

"가능성은 두 가지군요. 첫째, 변호사가 의뢰인을 설득해서 사건을 조작했다. 둘째, 이혼소송을 한 부인이 부부 강간이라는 죄목을 몰랐다."

실제로 부부 강간죄가 인정되었다고 하지만 모든 사람들이 다 부부 강간이 죄가 된다는 걸 아는 건 아니다.

의무 방어전이라는 말처럼, 부부간의 성관계는 약간은 강제적인 부분도 있기 때문이다.

아이러니하지만 법이라는 게 그렇다. 부부 강간도 이혼 사유지만 섹스리스도 이혼 사유다.

"하지만 후자일 가능성은 높지 않네. 아까도 말했다시피 섹스리스 상태였으니까. 그의 말을 믿는 걸 떠나서, 지금 의뢰인은 일을 하고 있네. 이 상황에서도 말이야."

이혼소송을 하고 부부 강간으로 고소당한 상황에서도 일을 해야 한다는 것은 그만큼 바쁘다는 의미다.

그렇다면 섹스리스라는 그쪽의 말이 맞을 가능성이 크다.

"그런데 첫 번째 부분도 말이 안 되기는 마찬가지인데요."

상대방 변호사가 굳이 의뢰인에게 거짓말을 하도록 할 이유가 없다.

일단 상대방 변호사가 부부 강간을 밀어붙인다는 건 승리를 위한 선택일 수밖에 없다.

물론 이혼소송을 할 때 분할한 재산을 기준으로 승소 비용을 받기는 하지만, 현실적으로 본다면 그게 얼마나 차이가 나든 변호사가 죄를 조작하는 것만큼의 보상은 되지 않는다.

"더군다나 이혼 가능성이 낮다면 모를까, 어찌 되었건 이 소장을 보면 이혼은 거의 확실합니다."

노형진이 아무리 뛰어나다고 해도 너무 확실한 사건을 뒤집지는 못한다.

이 사건의 경우 고소장과 답변서를 분석해 보면 남자 쪽은 확실하게 일중독 상태이고 그로 인해 가정을 방치하다시피 한 건 사실이다.

"기록대로라면 결혼한 지 3년이 살짝 넘었습니다. 그런데 관계가 3년간 없었다는 의뢰인 측 주장대로라면, 이건 결혼

이후에 거의 바로 섹스리스 상태로 들어갔다는 건데요. 이건 저라고 해도 이혼을 못 막습니다."

가족을 위해 헌신했다?

애석하게도 현대의 법은 돈만 벌어 오면 땡이라고 생각하지 않는다. 가족을 유지하기 위해 노력할 필요가 있다는 것이다.

더군다나 둘 사이에는 아이가 없다.

양 당사자가 합의한 게 아니라면 아이를 가지려고 노력한 정황 등이 있어야 하는데 그런 부분도 없다.

"뭐, 이혼이야 이쪽도 각오하고 있었네. 현실적인 부분까지 무시할 수는 없으니까. 이미 이야기는 다 끝난 상황이었고."

새론에서도 이 이혼은 막기 힘들다는 것을 설명하고 일단은 합의이혼으로 방향을 잡으려고 하는 상황이었다.

아무리 봐도 귀책사유가 남자에게 있었으니까.

"하지만 저쪽에서 갑자기 부부 강간을 들고나올 거라고는 전혀 예상하지 못했네."

"그렇겠군요. 그나저나 이상하군요, 부부 강간이라는 게 쉽게 가지고 올 만한 주제는 아닌데."

이혼이라는 건 결과적으로 부부가 헤어지는 과정이니, 좋게 헤어지기보다는 서로 싸우다가 헤어지는 경우가 많을 수밖에 없다.

하지만 그렇다고 해서 과거의 정이 모조리 없던 것이 되는 건 아니다.

실제로 부부 강간이 발생하는 것은 사실이지만, 이혼하면서 그 카드를 꺼내는 사람들은 생각보다 많지 않다.

그렇게 되면 일반적으로 남자의 인생이 박살이 나니 마음이 약해서 꺼내지 않는 경우도 있고, 일이 그 지경이 되면 양쪽 다 엄청나게 더럽게 싸우게 되기 때문이다.

"다른 부부 강간 사건하고는 좀 다르네요."

일반적으로 부부 강간은 이혼하고자 할 때나 배우자의 귀책사유가 애매할 때 이혼소송을 건 쪽에서 들고나온다.

일단 부부 강간이면 강제로 이혼소송에 회부해서 이혼할 수도 있고, 그게 아니라고 해도 자신을 강간으로 고소한 사람과 계속 같이 살 정도로 성격 좋은 사람은 별로 없으니까.

"하지만 이 사건은 분명 여자가 이길 수밖에 없는 상황인데요."

"역시 재산이 문제인 건가?"

"글쎄요. 그럴 수도 있겠습니다만."

3년이 조금 넘는 기간. 여자는 가정에서 전업주부로 지냈고 남자는 돈을 벌어 왔다.

이런 경우에는 결혼 기간이 짧기 때문에 여자 쪽에서 가지고 갈 수 있는 재산이 그다지 많지 않다.

결혼 생활 3년이면 사실상 재산의 기여분이 잘해 봐야 10% 정도나 인정될 거다.

"일단은 그쪽 변호사를 만나서 이야기해 봐야겠네요."

"만나서 이야기한다고 해서 문제가 해결될까?"

"그건 아니겠지만 이게 누가 먼저 꺼낸 이야기인지 확인은 해야지요. 그 상황에 따라 대응이 바뀌니까요."

노형진의 말에 김성식은 고개를 끄덕거렸다.

증명할 수가 없는 문제의 증명. 그건 무척이나 복잡할 수밖에 없는 일이었다.

"아무래도 쉽지 않은 일이 되겠군."

"뭐, 언제는 안 그랬습니까?"

노형진은 어깨를 으쓱하며 말했다.

⚖️

"부부 강간 고소 부분에 대해서요? 제가 그걸 말씀드릴 이유는 없습니다만."

상대방의 변호사인 하태완은 역시나 상당히 적대적인 자세로 나왔다.

'뭐, 예상 못 할 건 아니지.'

소송으로 서로 싸우는 사람 쪽 변호사가 찾아와서 이야기하자고 하는데 좋다고 하하 웃는 사람은 없다.

'더군다나 자기네들이 유리한 상황에서는 말이지.'

자신의 말실수 하나에 재판이 뒤집어질 수 있기에 당연히 변호사는 행동 하나, 말 하나에 조심할 수밖에 없다.

"합의를 위해서라도 정확한 상황은 알아야지요."

노형진이 슬쩍 떡밥을 던졌지만 하태완은 눈도 깜빡하지 않았다.

"모든 상황은 진술서에 적혀 있습니다."

"그 전의 고소장에는 부부 강간이 전혀 언급되지 않았잖습니까?"

"그건 저희의 마음입니다. 우리 소장에 뭘 넣을지는 우리가 선택하는 겁니다."

노형진을 상당히 경계하는 하태완.

사실 하태완도 상당히 불편할 수밖에 없었다.

'아니, 뜬금없이 왜 노형진이야?'

노형진의 소문에 대해 모르는 바 아니다. 그러니 당연히 경계할 수밖에 없다.

더군다나 자신이 이기고 있는 상황에서 갑자기 뚝 떨어진 노형진의 존재는 심적으로 엄청난 부담으로 다가올 수밖에 없었다.

"저희 의뢰인인 어윤자 씨께서는 그쪽과의 합의는 없다고 못 박았습니다."

결국 하태완이 선택할 수 있는 카드는 아예 접근을 불허하는 것이었다.

"합의가 없다고요?"

"그렇습니다. 부부 강간에 관해서는 합의가 없으니 그에 상응하는 처벌을 받으라는 것이 저희 입장입니다."

노형진은 하태완을 바라보았다.

물끄러미 그를 보고 있자 하태완은 눈을 찡그렸다.

"뭘 그렇게 봅니까?"

"그게 의뢰인의 입장입니까?"

"네, 공식적인 입장입니다."

"알겠습니다. 그러면 그 증명서를 발급해 주실 수 있습니까?"

"뭐요?"

"그쪽에서 합의를 거부한다는 각서를 제대로 써 달라는 말입니다."

그 말에 하태완은 눈을 찡그렸다.

물론 써 주려고 한다면 못 써 줄 건 없다. 그건 사실이니까.

'하지만 다른 사람도 아닌 노형진이란 말이지.'

뭔가에 엮이는 것 같은데 그게 뭔지 알 수 없는 그런 찝찝함.

그렇다고 거부하자니 그것도 문제가 되는 게, 여기서 자신이 그걸 거부하면 저쪽은 그 사실에 관해 하태완이 거짓말하고 있다고 생각하고 의뢰인인 어윤자를 귀찮게 할 수도 있다.

사실 그런 것에 대한 자세한 권한을 특정하지 않으면 변호사들이 합의에 관련된 권한을 가지는 것은 자연스러운 일이다.

그렇다 보니 협상에서 우위를 차지하기 위해, 상대가 몸이 달게 하려고 합의 자체를 하지 않으려는 척 행동하는 경우도 많다.

물론 그런 건 의뢰인에게 접근해서 물어보면 된다.

"저희도 어윤자 씨 연락처를 알고 있습니다. 저희가 어윤자 씨에게 개인적으로 접촉해서 사실을 확인할까요?"

"확인해 보세요. 뭐, 각서를 써 주는 거야 어렵지 않지만 기분이 나쁘군요. 직접 확인하세요. 합의는 없습니다."

하태완은 기분이 나쁘다는 표정으로 말했다.

아무리 긴장한다고 해도 상대방이 자신을 찍어 누르려고 하는데 기분이 좋을 수는 없다.

"알겠습니다. 그러면 저희는 그렇게 알고 있겠습니다."

노형진은 더 이상 길게 이야기하지 않고 자리에서 일어났다.

"고작 그걸로 여기까지 온 겁니까?"

"고작이라……."

소파에 앉아서 자신을 바라보는 하태완을 보고 노형진은 왠지 모를 미소를 지었다.

"그쪽 입장에서는 고작일 수도 있지요. 하지만 제 입장에서는 아닙니다, 후후후."

그 말에 하태완은 자신을 좀먹는 불안감에 침을 꿀꺽 삼킬 수밖에 없었다.

⚖️

　노형진은 바로 회사로 돌아왔다.
　어차피 하태완이 합의가 없다고 못을 박았다면 그쪽과 이야기해 봐야 소용이 없으니까.
　그 대신에 원래 이 사건을 담당하던 고연미 변호사에게 가서 의견을 물었다.
　"어윤자 씨요?"
　"네. 강초진 씨 아내분, 만나셨죠?"
　"네. 뭐, 사건을 하다 보면 만날 수밖에 없지요."
　"어떤 사람이던가요?"
　"어떤 사람이냐고 물어보신다면…… 제가 뭐라고 표현해야 할지……."
　고연미는 노형진의 말에 살짝 당황했다. 너무 두루뭉술한 질문이니까.
　노형진은 아차 싶어서 되물었다.
　"그러니까 강단이 있는 분이냐 이런 거죠."
　"강단요?"
　"네."
　"흠…… 강단이라……."

노형진의 말에 고연미는 한참을 그녀에 대해 생각했다.

사실 오래 본 것도 아니고 계속 접촉한 것도 아니어서 섣불리 확신할 수는 없었다.

하지만 그녀의 행동을 보면 성격을 어느 정도 추측할 수 있다. 더군다나 다른 사람도 아니고 의뢰인인 강초진의 아내이니까.

아무리 강초진이 가정에 충실하지 않았다고 해도 아내에 대해서 남들보다는 더 잘 알 수밖에 없다.

"그다지 강단이 있는 사람으로는 안 보이던데요."

"역시나 그렇군요."

"역시나?"

"네. 아니, 소장에 적혀 있는 그동안의 일들을 보면 불만을 터트리는 그런 성격 있는 여성 같지는 않아서요."

"그거랑 사건이랑 무슨 관계죠?"

"아무래도 사건에 관해 누군가에게 어드바이스를 받는 것 같습니다."

"어드바이스요? 변호사가 이걸 설계해서 가짜 고소를 했다는 건가요?"

그 말에 노형진은 고개를 흔들었다.

하태완은 최대한 조심하면서 약점을 잡히지 않으려고 했지만, 애초에 그런 행동 자체가 하태완의 성격을 드러내는 부분이다.

노형진은 그 짧은 만남으로 그의 기질이나 성격을 판단할
수 있었다.

"하태완 변호사는 아무리 봐도 위험한 도박을 하는 타입은
아닙니다. 안전지향적인 성향을 내보이더군요."

"그런데요?"

"그런 사람이 위험하게 부부 강간으로 강초진 씨를 엮어 보
자고 어윤자 씨에게 이야기했을 가능성은 낮습니다. 아시다
시피 비밀 엄수 의무와 사건의 조작은 전혀 다른 일입니다."

만일 어윤자가 부부 강간으로 엮어 보겠다고 허위 사실로
고소한 걸 알고 있으면서도 신고하지 않았다 해도 변호사의
비밀 엄수 의무로 보호받는다.

그러나 그걸 하자고 설득해서 부부 강간 고소를 넣었다면,
그건 비밀 엄수 의무 준수가 아니라 허위 고소가 되어서 처
벌 대상이 된다.

이 두 가지는 전혀 다르다.

"하태완 씨는 저를 극도로 경계하면서 말실수하지 않으려
고 말 자체를 단답형으로 할 정도였습니다. 그렇게 경계심이
많고 조심스러운 사람이 어윤자 씨에게 먼저 부부 강간으로
강초진 씨를 엮자고 할 이유는 없지요."

그 말에 고연미는 잠깐 고민하다가 고개를 끄덕거렸다.

그녀가 봐도 하태완은 꼼꼼하게 잘 준비하는 방어형 변호
사지, 사건을 조작해서 뒤집어씌우는 스타일은 아니었다.

"그럼 남은 건 하나뿐이지요. 어윤자 씨가 부부 강간으로 신고하자고 한 것이다. 그러나 아시다시피, 부부 강간은 어지간히 독하게 마음먹지 않으면 못 합니다. 더군다나 이혼의 이유를 보세요. 서로의 감정이 극단적으로 상할 만한 부분은 보이지 않습니다."

"흠…… 확실히 배우자가 가정에 소홀한 경우는 분노나 원한보다는 포기의 감정이 더 크죠."

상대방이 불륜을 저질렀다거나 자신 몰래 보증 같은 걸 섰다거나 했다면 이혼할 때 그 분노의 감정이 어마어마한 영향을 준다.

그에 반해 가정에 대한 소홀은, 분노보다는 포기라는 감정의 영향이 더 크다. 이 사람과 이렇게 더 이상은 못 살겠다는 그런 느낌이라고나 할까?

"더군다나 3년 정도의 기간이라면 차라리 깔끔하게 헤어지고 새로 시작하기를 원하지요. 애도 없고, 개싸움 하면서 시간 끌어 봐야 서로에게 좋을 게 없으니까요. 지금 어윤자 씨 나이가 스물아홉 살 맞지요?"

"네, 맞아요."

어윤자, 스물아홉 살. 강초진, 서른두 살. 이혼해도 각자 자기 갈 길 가기에는 충분한 나이다.

"확실히 이상하기는 하네요."

고연미 변호사도 경험적으로 알아차렸다.

물론 강초진은 어떻게 해서든 결혼만은 유지하고 싶어 했지만, 결국 소송으로 가서 싸우면 질 수밖에 없는 상황이라는 걸 안다.

"하지만 아시다시피 부부 강간이 엮이기 시작하면 그 사건이 중요하기 때문에 그만큼 수사 기간이 길어질 수밖에 없습니다."

그리고 그 수사 기간 동안 이혼소송은 멈춰질 수밖에 없다.

"더군다나 단호하게 합의는 없다고 한다? 말씀하신 대로 강단이 있는 그런 사람이 아니라면 그렇게 단호하게 말하기 힘들지요. 정이라는 게 어디 가는 게 아니지 않습니까?"

이혼을 위한 압박용으로 부부 강간을 꺼내 들고 그 후에 취하 조건으로 이혼을 요구하려고 한다면 만나지 않을 수가 없다.

그런데 저쪽은 부부 강간을 확신하다시피 하고 있다.

"진짜로 부부 강간이 있었던 건 아닐까요?"

"사건 기록이나 강초진 씨의 생활 패턴을 보면 그럴 가능성은 그다지 높아 보이지 않습니다. 현실적으로 잠자기도 바쁜 일중독자였으니까요."

애초에 강초진은 자신의 잘못을 인식하고 있었다.

섹스리스와 부부 강간? 이 두 개는 서로 양립할 수 없는 이혼 사유다.

그런데 극단적으로 반응하면서 합의조차 하지 않으려고 한다?

"이혼이 우선인 사람들의 행동 패턴으로 보이지는 않습니다. 단호한 사람이 아니라고 한다면 더더욱요."

그 말에 고연미는 여러 가지 가능성을 따졌다.

"그러면 불륜 아닐까요? 이혼소송에서 어드바이스를 해 주는 사람이라면 보통 불륜 대상일 가능성이 크지 않아요? 더군다나 이혼할 때 한 푼이라도 더 가지고 와야 불륜남 입장에서는 이득이니까요."

"분명 그럴 가능성이 크기는 한데……."

어차피 불륜 중이라면 다급하게 이혼하라고 할 이유는 없다.

부부 강간으로 엮을 수 있다면 못해도 3천만 원 이상의 돈을 더 가지고 갈 수 있기는 하다.

"하지만 제가 듣기로는 기본 조사에서는 불륜의 정황증거는 안 나왔다고 하던데요."

"그건 그래요."

이혼소송이 들어가면 사실 거의 필수적으로 불륜 관련 조사가 진행될 수밖에 없다.

특히나 이혼소송을 당하는 경우는 더 그렇다.

불륜하고 있는 상황에서 핑계를 잡아서 이혼하려고 하는 사람들이 생각보다 많기 때문이다.

"이혼소송에 들어가니 조심할 수도 있죠. 어드바이스를 해 줄 정도의 법률적 지식을 가진 사람이라면 불륜과 관련해 조사가 들어갈 거라는 걸 모르지는 않을 것 같은데요?"

"그건 그렇군요."

고연미의 말에 노형진은 고개를 끄덕거렸다.

그건 자신도 했던 말이니까.

"강초진 씨는 어윤자 씨가 바람피울 사람은 아니라고 이야기합니다만."

진실은 모를 일이다.

사실 이 시점에, 노형진은 어윤자가 누군가와 바람을 피우고 있다고 확신하고 있었다.

하지만 상황은 누구도 예상하지 못하는 쪽으로 흘러가기 시작했다.

일상의 증명

"바람을 피우지 않았다고요?"

노형진은 고문학의 보고에 자신의 귀를 의심했다.

어윤자가 바람피우는 누군가가 이혼에 관한 어드바이스를
해 주고 있다고 생각했다. 그리고 심약한 어윤자는 그에 따
라 움직이고 있다고.

그런데 바람을 안 피운다니?

"네, 여러모로 확인해 봤습니다. 하지만 불륜의 징후는 없
습니다."

"지금 안 만나는 게 아니고요?"

"그동안의 동선을 확인해 봤습니다. 하지만 아예 기회 자
체가 없습니다..전업주부다 보니까 행동 패턴이 집 주변으로

한정됩니다."

"그렇지만 주변에 불륜남이 거주할 수도 있고, 아니면 장거리 이동을 할 수도 있지 않습니까?"

"그것도 불가능합니다. 어윤자 씨는 무면허입니다."

그 말은 움직이기 위해서는 대중교통을 이용해야 한다는 거다. 아니면 불륜남이 집에 데리러 오거나 하는 식으로 움직이거나.

그러나 그런 경우는 드물 수밖에 없다. 현실적으로 그런 식으로 불륜을 저지르면 발각될 가능성이 크니까.

"더군다나 생활 패턴을 보면 어윤자 씨는 생활 자체를 강초진 씨의 카드로 했습니다. 어윤자 씨의 카드는 거의 사용 내역이 없습니다."

"현금은…… 쓰기 힘들겠군요."

전업주부에 카드마저도 남편인 강초진의 카드를 썼다면 어윤자가 가진 현금은 그다지 많지 않을 수밖에 없다.

요즘은 죄다 통장으로 월급이 입금되기에 그 기록을 속일 수도 없다.

"대출이나 신용 상태도 깨끗하고요. 지출과 수입이 일정하게 맞아떨어집니다. 만남을 가질 만한 기회도 없었고요."

"이건…… 좀 생각 외의 상황이군요."

노형진은 머리를 긁적거리며 말했다.

"주변에 불륜할 만한 장소는 없어요? 모텔이나?"

"대단위 아파트 단지입니다. 사방에 CCTV가 가득합니다. 더군다나 주변에 학교가 많아서요."

"아!"

주변에 학교가 있으면 법에 의해 유해 시설이 근처에 생길 수가 없다.

그런데 모텔 같은 것도 유해 시설로 분류되기에 그 근처에는 모텔도 없다고 한다.

"가장 가까운 모텔이 5킬로미터 밖에 있습니다."

"불륜은 아니라고 봐야겠네요."

고연미는 깔끔하게 정리했다.

"그러면 누군가 어드바이스를 해 주는 사람은 없나요?"

"없습니다. 지금은 애초에 집에서 나와 있는 상황이니까요."

어윤자는 현재 이혼소송을 하면서 강초진과 같이 살던 집에서 나와서 본가, 즉 친정에서 살고 있었다.

그곳에서 거의 나오지 않고 두문불출하고 있는 상황이라고 한다.

"전화로 어드바이스를 하는 거라면 저희가 확인할 수는 없겠지만……."

고문학은 어쩔 수 없다는 듯 입맛을 다시며 말했다.

아무리 정보 팀의 능력이 뛰어나도 한계라는 것은 명확하니까.

"그러면 그동안 만난 사람은요?"

"그냥 동네 사람들뿐입니다."

"역시 불륜은 아니었나 봐요."

쓰게 웃는 고연미. 노형진 역시 자신의 생각이 틀렸다는 걸 인정할 수밖에 없었다.

"하지만 그렇다면 지금 어윤자를 통제하는 건 누군지 모르 겠군요. 알아볼수록 답이 안 나오네요."

지난 며칠간 계속해서 어윤자에 대해 알아봤다. 하지만 아 무리 봐도 강하게 뭔가를 추진할 수 있는 성격의 여성은 아 니었다.

"부모님이 아닐까요?"

고문학의 말에 고연미는 고개를 흔들었다.

"부모님은 아니에요. 지금 부모님들은 이혼에 반대하는 입장이세요. 강초진 씨가 바람피운 것도, 그렇다고 해서 범 죄를 저지른 것도 아니잖아요. 부모님 입장에서는 가정을 지 키려고 열심히 일한 게 뭐가 잘못이냐고 생각하세요."

고연미는 이미 그쪽 부모님을 만나 이야기해 본 상황이었 다.

그리고 도리어 그쪽에서는 강초진에게 철없는 딸 때문에 미안하다고 할 정도였다.

"옛날 분들이군요."

"옛날 분들이기는 하지요."

노형진은 그 말에 머리가 아파 왔다.

아무리 생각해도 어윤자를 지배할 만한 사람이 없으니까.

'진짜로 독하게 마음먹은 건가? 아니야. 그렇다고 해도 부부 강간은 별개지.'

이혼하려고 마음은 먹을 수 있으나, 없는 죄를 뒤집어씌우는 건 전혀 다른 문제다.

혹시나 하는 마음에 이미 강초진을 만나서 기억을 읽었는데 그의 말대로 부부 강간 같은 건 없었다.

부부 강간을 당했다고 하는 시간에 집에 있었던 것은 사실이나 집에 오자마자 바로 잠들었고, 스물네 시간 동안 자고 일어나서 샤워를 하고 갈아입을 옷만 가지고 출근하기를 반복했다.

'도대체 왜 부부 강간이라는 극단적이고 악의적인 방법을 쓴 건지 모르겠어.'

노형진은 고민하다가 보고서를 넘겼다.

그곳에는 어윤자가 이런저런 사람들을 만나는 모습이 찍힌 사진들이 붙어 있었다.

고문학이 대충 일하지는 않았을 테니 이들이 최근에 만난 사람의 전부일 것이다.

'응?'

보고서를 계속 살피던 노형진은 순간 뭔가 잘못 본 듯한 느낌이 들었다.

노형진은 다급하게 사진을 확인했다.

그리고 거기에 적혀 있는 시간을 확인했다.

"이거 뭡니까?"

"네?"

"이 사진 말입니다, 이 사진에서 만나는 사람들요."

"지역 주민들입니다만?"

사진 속에서는 어윤자를 포함한 네 사람이 이야기를 나누고 있었다.

하지만 고문학은 그다지 특별하게 생각하지 않는 듯했다.

사실 당연한 게, 그 세 사람 모두 여자니까.

불륜하는 남자에게서 어드바이스를 받고 있을 거라 생각한 고문학 팀으로서는 여자들끼리 수다를 떠는 건 그다지 중요한 요소가 될 수가 없었다.

"왜요? 뭐가 이상해요?"

"아니, 이 사진의 시기 말입니다. 최근이네요."

"최근에 찍은 거니까요. 그게 이상한 건가요?"

고연미가 고개를 갸웃하면서 물었다.

그런 고연미의 말에 노형진은 고개를 끄덕거렸다.

"어윤자의 친정과 이 카페, 제법 멀지 않습니까? 제가 알기로는 이 카페, 강초진과 살던 집 근처에 있는 곳인데요."

"네? 그걸 어떻게?"

"강초진 씨를 만나러 갔다가 거기서 커피를 사서 마셨거든요."

아파트촌이 몰려 있는 곳이다 보니 커피숍이 그다지 많지 않았다. 그래서 그 위치를 정확하게 기억하고 있었다.

실내디자이너, 자신이 커피를 마신 바로 그곳이었다.

"확실히 맞습니다만, 그게 무슨 문제가 있나요?"

"어윤자 씨의 집은 경기도 광주로 알고 있는데 수다를 떨러 여기까지 온다는 게 이해가 안 가서요."

신도시인 이곳과 경기도 광주는 거리가 어마어마하다.

"오지 말라는 법은 없잖아요? 더군다나 이혼소송이라는 건 사람을 엄청 지치게 만들어요. 그러니까 누군가에게 하소연하고 그 기분을 풀어내고 싶어 하는 게 정상이라고 생각하는데요."

고연미의 말이 틀린 건 아니다. 하지만 노형진은 다른 가능성도 생각하고 있었다.

"만일 저 여자들이 어드바이스를 해 준 사람들이라면요?"

"네? 무슨 말씀이세요?"

고연미는 순간 이해가 가지 않는다는 듯 물었다.

지금까지 계속 불륜남을 찾고 있었다.

그런데 갑자기 여자들이 그 조언자라니?

"가끔 대화하다 보면 상호 확증이 이루어지는 경우가 있지 않습니까?"

"상호 확증?"

"네. 그러니까 누군가에게 불만을 이야기하면 그 불만에 동조하면서 그 대상을 같이 공격하는 거죠. 그런데 그게 걷잡을 수 없이 커지는 경우 말입니다."

"아…… 그런 면이 있지요. 종종 그런 경우가 있어요. 사람들이랑 이야기하다 보면 말이지요."

고연미도 뭔가 알 것 같다는 표정으로 말했다.

대부분의 사람들은 대화를 나누다 보면 한두 번은 겪는 일이니까.

"그런데 그게 때때로는 상호 확증이 되거든요."

가령 여자가 남자 친구에 대해 불만을 이야기하다 보면 주변의 친구들은 공감해 주기 시작한다.

그게 스트레스의 해소법이니까.

그런데 그 불만이 멈추지 않고 점점 커지다 보면 공감을 하다가 브레이크가 사라져 별의별 말이 다 나온다.

혹시나 바람피우는 거 아니냐거나 아니면 다른 여자를 두고 두 집 살림을 하는 거 아니냐는 식으로 말이다.

물론 말도 안 되는 소리이기는 하지만, 그 말은 불안감을 자극한다.

남자라고 별반 다르지 않다.

여자 친구가 소홀해졌다고 하면 뜬금없이 다른 사람과 바람난 거 아니냐는 식으로 몰아가면서 헤어지라고 하는 놈들이 꼭 있다.

특히 소문이 그런 경우가 많다.

남녀 직원이 아침에 서로 반갑게 인사하면, 저녁에 퇴근할 때쯤에는 두 사람이 결혼을 앞두고 있다는 소문이 돌 정도로 확대된다.

"실제로 그런 경우가 종종 있지 않습니까?"

"흠…… 확실히, 없다고는 말 못 하죠. 그런 경우에는 상황이 좀 복잡해지는데."

웃긴 일이지만 이혼소송을 하다 보면 이런 상호 확증으로 인해 이혼하는 경우가 종종 있다.

처음에는 단순한 짜증에서 시작되어 주변 사람과 이야기하는데, 그 주변 사람이 정상적인 사람이 아니라 편협하고 확증적인 사람이라면 단순한 짜증이 불만이 되고 불만이 의심이 되고 의심이 확신이 된다.

"모 사이트 같은 거 말씀하시는군요. 거기에서는 찬반좌가 그 브레이크 역할을 하지요."

사람들이 고민을 올리는 사이트가 있는데, 그곳에는 극단적인 의견이 넘쳐 난다.

간혹 찬성과 반대가 비슷한 비율로 나오는 글이 올라오기도 하는데, 그런 경우 신기하게도 상식을 기반으로 한 판단으로 조언해 주는 경우가 많다.

그래서 그런 글들을 '찬반좌'라고 부른다.

"그나마 인터넷은 이용자 수가 어마어마하니까 그런 의견이 나오는 거지요. 인터넷의 자정작용이라고 할 수 있겠지만, 오프라인 모임이라면 어떨까요?"

정해진 사람들만 나오는데, 심지어 그 사람들이 오로지 악감정만을 배설하는 타입이라면?

현실적이고 좋은 조언을 듣긴 힘들다.

"가능성이 있어요. 물론 가정 소홀도 이혼소송 사유가 되긴 하지만요. 제가 그런 사람들을 만나 봤는데, 그들은 적당히라는 게 없더군요."

그들의 조언은 극단적이고 또 위험하다.

이유는 간단하다. 자기들이 책임질 게 아니니까.

그렇게 해서 이혼한다 한들 자신들의 잘못이 아니니 쉽게쉽게 극단적인 발언을 하는 거다.

"사람들에게 쉽게 흔들리는 타입이라면 거기에 넘어갈 수도 있겠죠."

고문학도 고개를 끄덕거렸다.

사회 경험이 많은 그 역시도 노형진이 말하는 게 뭔지 바로 알아들었다.

"그런 극단론을 말하는 사람들이라면 불륜과는 상관없지요."

"우리가 너무 고정관념에 붙잡혀 있었군요."

사실 이혼소송을 뒤에서 움직이는 존재는 대부분 불륜 대상이다.

어떻게 해서든 이혼시키고 이혼 당사자에게서 한 푼이라도 더 뜯어내려고 하는 것이다.

그래서 당연히 그럴 거라 생각했던 것.

"어, 이러면 상황이 어떻게 되는 거죠? 이혼소송이 무효화되나요?"

노형진은 그 말에 고개를 흔들었다.

"그건 불가능합니다. 일단 이쪽 귀책사유가 너무 확실하니까요. 하지만 부부 강간 문제는 어쩌면 해결책이 보일지도 모르겠군요."

브레이크가 없다는 걸 증명한다면 사건을 뒤집을 수 있을지도 몰랐다.

⚖

노형진은 일단 어윤자와 같이 있던 세 사람의 신분을 확인했다.

그리고 그들의 신분에 대해 들었을 때, 혀를 끌끌 찰 수밖에 없었다.

"그 동네 주부들이라고요?"

"네, 그 동네 주부들입니다. 아무래도 모두 전업주부인 모양입니다."

"하긴, 오후 2시에 커피숍에 모여서 수다를 떠는 건 직장인들으로서는 꿈도 못 꿀 일이기는 하죠."

고연미는 쓰게 웃었다.

"그리고 계속 조사했는데, 아무래도 노 변호사님이 생각하신 게 맞는 것 같습니다. 세 사람 모두 어윤자 씨와 아주 자주 만나더군요. 일주일에 평균 3회는 만나는 것 같습니다."

물론 그게 이상한 일은 아니다.

이혼이라는 것은 사람의 인생을 뒤흔드는 일이다. 당연히 누군가를 만나서 위로받고 싶어 한다.

"하지만 그들의 말을 들어 보면, 답이 없습니다."

"녹음하신 겁니까?"

"여직원을 보내서 녹음했습니다. 다만 불법 녹음이라 증거로 쓰지는 못하겠습니다만, 사실관계 확인은 어렵지 않게 할 수 있을 겁니다."

그렇게 말하면 녹음기를 작동시키는 고문학.

그러자 그 녹음기에서 목소리가 흘러나오기 시작했다.

─그래서 그 불륜녀 찾았어?

─아니요. 아직 못 찾았어요. 다른 곳으로 안 가고 있어서요.

─이혼소송당하니까 거리를 두고 있는 거라니까.

─맞아. 그 쌍년이 지금 얼마나 윤자를 무시하고 있겠어?

대화의 시작은 불륜녀에 대한 성토였다.

아무런 증거도 증언도 없었으나, 네 사람의 대화에서는 이미 불륜녀가 존재하고 있었다.

─이혼하기로 한 거, 잘한 거라니까. 아니, 어떻게 한 달에 집에 고작 네 번 와? 상식적으로 그렇잖아. 분명 어디에 내연녀를 두고 두 집 살림을 하고 있는 거라니까.

─자기, 혹시 남편 계좌 확인해 본 적 있어? 확인해 봐. 법원을 통해 열람해 보면 어딘가에 돈 새는 곳이 있을 거라니까.

─그러니까 내 말이. 그렇지 않고서야 그 돈이 다 어디 가겠어? 진짜로 그렇게 힘들게 일하면 상식적으로 돈이 엄청 들어와야 하는 거 아니야? 그런데 그것도 아니잖아? 그러면 뻔한 거지. 두 집 살림이야, 두 집 살림.

─그나저나, 내가 하라고 한 거 해 봤어?

─아, 그거요? 해 봤더니 저쪽 변호사가 어쩔 줄 몰라 하기는 하더라고요. 그런 거 어떻게 아셨어요?

─어떻게 알긴, 105동 그 여자 있잖아. 그 여자가 이혼하면서 그걸로 1억 넘게 당겨 왔잖아, 호호호.

─그런데 그런 걸 해도 되는 건지…….

─무슨 말을 그렇게 해? 애초에 바람피운 건 그놈인데! 안 그래? 그쪽에서 먼저 배신하고 바람피웠으니 당연히 우리 걸 챙겨 와야지. 솔직히 판사들이 우리 걸 알아서 챙겨 주면 얼마나 좋아? 그런데 안 주잖아. 그러니까 우리가 알아서 챙겨야지.

─그렇지요?

─맞아, 맞아. 그런다고 해서 누가 알 거야? 안 그래? 그쪽이 먼저 배신했으니 아예 재기도 못 하게 밟아 버려야지.

-옳소!

-언니 참 말 잘하네, 호호호.

고연미는 그 녹음 파일을 들으면서 혀를 끌끌 찼다.

"아니, 본 적도 없는 걸 뭘 이렇게 확신한대요? 바람피우는 거야 그렇다고 치고, 월급에 대한 건 왜 자기들이 물어뜯어요, 자기 남편 월급도 아닌데? IT 업계에 관해 알기는 한대요?"

강초진이 일하는 업계는 엄청나게 힘들고 바쁜 곳이다.

특히 지금처럼 새로운 게임의 서비스가 코앞으로 다가오면 사람이 미친 듯이 갈려 들어가기 시작한다.

월급? 애석하게도 한국의 IT 업계는 월급이 제대로 지급되지 않는 곳 중 하나다.

물론 야근이나 철야를 하는 경우에는 지급해야 하는 돈이 있다.

그러나 게임이 론칭되면 홍보에 어마어마한 돈이 들어가는 게 사실이기에 그 돈을 모조리 주면 정작 게임을 홍보할 돈이 없다 보니 그걸 집행하지 않고 기다리는 경우가 엄청나게 많다.

그나마 게임이 성공하면 한꺼번에 몰아서 정산해 주지만 그렇지 않으면 아예 임금을 떼이는 경우도 있기에, 일하는 사람들은 어떻게 해서든 게임을 성공시키려고 한다.

"그런 걸 전혀 모르는 것 같은데. 와이프분도 그쪽 업계 사람은 아니죠?"

"네, 그쪽 업계 분 아니에요."

만일 그쪽 업계 사람이라면 어느 정도 상황을 알고 이해하겠지만, 그게 아니니 죽어라 일은 하는데 월급은 적게 가지고 오는 것을 의심한 게 분명했다.

"요즘 말을 너무 쉽게 하는 사람들이 넘쳐 나는군요."

고문학은 혀를 끌끌 차며 말했다.

"남과의 관계가 너무 쉬워져서 그래요."

만일 계속 봐야 하는 사람이라면 이렇게 쉽게 말하지 못한다.

지금 저들은 모여서 마치 절친인 것처럼 떠들고 또 진심으로 걱정하는 것처럼 이야기하고 있지만, 진심으로 상대방과 오래가기를 원하고 상대방을 걱정한다면 쉽게 충고하거나 저런 이야기를 하지 못한다.

저런 식으로 가볍게 이야기한다는 건 반대로 서로의 관계가 무게감이라고는 전혀 없는, 언제 헤어져도 이상할 게 없는 사이라는 걸 증명하는 거다.

"그거라는 말이 뭔지 대충 알 것 같군요."

갑자기 튀어나온 부부 강간.

아니 땐 굴뚝에 연기가 왜 날까 싶었더니 역시나 그런 모양이었다.

"다른 사람이 이혼하는 걸 보고 배운 모양인데 어떻게 할까요? 이걸 증거로 제출하자니 명백하게 불법 증거라……."

당연히 법원에서 인정받지 못한다.

그러니 이 파일을 제출해 봐야 의미가 없다.

더군다나 부부 강간이 대화 속에서 '그거'라는 표현으로 뭉뚱그려서 언급되고 있어서 입증할 수가 없었다.

"일단은 부부 강간에 대해 혐의 없음을 받아 내도록 하지요."

"확실히 이걸 쓰면 부부 강간에 대해 어느 정도 변호는 가능할 것 같기는 하네요."

고연미는 녹음 파일이 든 녹음기를 바라보면서 말했다.

아무리 증거로 쓸 수 없다지만 이걸 이용해서 저쪽에서 무죄에 대한 의심을 하게 하는 것 정도는 가능하니까.

그런데 이어지는 노형진의 말에 고연미는 깜짝 놀랄 수밖에 없었다.

"그 녹음 파일은 안 쓸 겁니다."

"네? 아니, 왜요?"

"일단 그건 불법적으로 얻은 녹음 파일이기 때문에 인정해 주지 않을 테니까요. 물론 말씀하신 것처럼 합리적 의심을 불러일으킬 수는 있지만, 현재 대한민국에서 성범죄에 관련해서 합리적 의심이 얼마나 효과를 발휘하는지 아시지 않습니까?"

"하긴, 그래요."

성범죄와 관련해서는 무죄 추정의 원칙조차도 지켜지지

않는 상황에서 합리적 의심이라는 건 그다지 효과가 없다.

"더군다나 이 사건은 어렵더라도 제대로 해 놔야 할 겁니다. 이 녹음 파일에서 보다시피 이혼소송에서 부부 강간으로 유리한 포지션을 취하는 전략은 이제 흔하게 쓰이는 것 같으니까요."

자신들이 이길 자신이 없으니까 꼼수를 부리는 거지만, 현행법상 그걸 처벌하거나 할 수 있는 방법이 없다.

"이런 경우 우리가 할 수 있는 최선은 무죄나 혐의 없음을 받아 내는 정도겠지요."

그런데 웃긴 건, 무죄와 혐의 없음이 나온다고 해서 자연스럽게 사건이 무고가 되지는 않는다는 것이다.

강간이 없었다는 걸 증명할 수는 있지만, 그와 반대로 무고가 성립하기 위해서는 상대방이 법적 처벌을 받도록 하기 위해 움직였다는 증거가 필요한데 현실적으로 그런 증거를 구하는 건 불가능하다.

사람들의 상식과 다르게 고소했다는 것 자체가 법적 처벌을 받도록 하기 위해 움직였다는 증거는 되지 못한다.

"하지만 그랬다가 부부 강간이 인정되면 어쩌시려고요?"

"그런 경우에는 2심에 가서 이 녹음 파일을 써야겠지만, 장기적으로 볼 때는 우리가 이걸 쓰지 않아도 방어가 가능하다는 걸 증명해 놔야 사건이 우리에게로 옵니다."

"쉽지 않을 거예요."

그러나 노형진은 고개를 저었다.

"아니요. 저는 좀 다르게 생각합니다."

"네? 어째서요?"

"이런 사건에서 가장 핵심은 바로 일관된 진술입니다."

"그게 가장 큰 문제 아니에요?"

일관된 진술이라는 건 사실 어지간하면 대부분의 사람들이 할 수 있는 일이다.

지능지수가 평균 수준만 된다면 누구나 자신이 했던 말을 돌이켜서 그걸 이어 나갈 수 있다.

더군다나 그 상황이 특정된 상황이고, 자신이 거짓으로 조작했다면 당연하게도 일관된 진술이라는 건 더더욱 쉽다. 우연히 벌어진 일을 기억하는 것보다는 자신이 뭔가 한 걸 기억하는 게 더 쉬우니까.

가령 예를 들자면 닷새 전 점심에 자신이 뭘 먹었는지 물어보면 대부분의 사람들은 기억을 못 한다. 그냥 그날 일하면서 동료들과 먹은 거라 그다지 신경을 안 쓰니까.

하지만 만일 자신이 진짜로 먹고 싶어서 재료를 사서 해 먹었다면? 당연히 기억하고 있을 수밖에 없다.

그게 바로 일관된 진술의 함정이다.

일상적인 생활을 한 사람은 기억을 못 하는데 특정 행동, 즉 거짓말을 한 사람은 그 거짓말에 대해 더욱 잘 기억하는 거다.

"물론 범죄에 대해 정확하게 기억하는 것도 정상이기는 하지요. 그건 평소와는 다른 일이니까. 그런데 여기서 문제가 되는 건, 거짓말을 하는 순간부터 현실과 충돌한다는 거죠."

수사 기법의 관건은 그 거짓말을 찾아내는 것이다.

현실과 충돌하는 부분을 캐내고 물어뜯어야 한다.

능력이 있는 사람은 그걸 쉽게 찾아내고, 능력이 없는 사람은 그러지 못한다.

"가정에서 벌어진 부부 강간이라면 이쪽에서 방어하기가 쉽지 않은 게 사실입니다. 하지만 그게 거짓말이라면, 일상의 영역이 들어가 있기에 증명이 가능할 겁니다."

"일상의 증명이라……."

고연미는 이 말을 이해하지 못했다. 일상을 증명한다는 게 뭔지 몰랐으니까.

"재판할 때 보시면 됩니다, 후후후."

노형진은 자신 있게 말했다.

⚖️

재판이 시작되고, 강초진은 핼쑥한 얼굴로 재판정에 출석했다.

비록 구속은 안 되었다지만 그렇다고 해서 자신이 실형을 받을 수도 있다는 공포가 사라지는 것은 아니었다.

"이게 말이 됩니까, 나는 아무것도 안 했는데?"

이혼소송 중이고 부부 강간을 주장하는 피해자가 적대적 태도를 취하며 과거에 벌어진 사건을 단순 진술로만 이야기하고 있는 상황이기에, 증거인멸의 가능성이 없다고 해서 구속되지 않았을 뿐이지 검찰에서는 강초진을 범인으로 확신하는 눈치였다.

'아니, 상관없는 거겠지.'

여전히 검사들에게 피고인의 진실 여부는 중요하지 않다.

그들에게 중요한 건 그냥 실적을 올리는 거고, 그 실적을 바탕으로 승진하는 거다. 그렇다 보니 그들의 질문은 뻔하다.

애초에 이런 사건은 증거나 증인이 있을 수가 없다.

피해자의 진술 하나만으로 사건이 진행되기 때문에, 검찰에서는 예상대로 피해자라고 주장하는 어윤자를 불렀다.

"그러니까 그날 집에 들어오자마자 강제적으로 관계를 요구했다 이거군요."

"네, 언제나 그런 식이었어요. 그날도 오자마자 관계를 요구했는데 제가 거절했어요."

"그러니까 어떻게 하던가요?"

"강제로 저를 끌고 침실로 가서 옷을 벗기고……."

진술서에 있는 말과 토씨 하나 틀리지 않은 말이었다.

당연하게도 강초진은 그 말을 들으면서 분노로 부들부들 떨었다.

물론 자신이 부부 생활을 소홀히 한 건 알고 있다. 그러나 자신이 돈을 벌어야 집안이 좀 더 편안할 거라 생각했다.

  그런데 이런 식으로 배신당하자 너무 억울해서 눈물이 나왔다.

  "재판장님, 보다시피 피고인은 피해자의 인격을 전혀 인정하지 아니하고 단순히 자신의 성욕의 해소 대상으로 취급했습니다. 또한 그 과정에서 가정에 충실하지 않고 집에도 거의 들어오지 않는 등 사실상 부부로서의 관계조차도 의심받을 정도로 부당하게 행동했습니다. 부부라고 하나 서로의 관계는 합의에 의하여야 하며, 성적 자기 결정권을 침해하는 불법적 행위는 처벌받아 마땅하다고 생각됩니다. 이상입니다."

  사실상 빠져나갈 길이 없는 그런 주장이었기에 강초진은 이를 빠드득 갈았다.

  "저거 다 거짓말입니다. 아시죠?"

  "압니다."

  "그런데 어떻게, 벗어날 수 있겠어요?"

  고연미는 걱정스럽게 물었다.

  상대방은 충분히 준비하고 나온 듯 거짓말에 오류가 없었다. 완벽하게 맞아떨어지는 상황과 정황증거.

  "그건 어디까지나 공격 대상이 거짓말 그 자체일 때 문제인 거구요."

  "네? 그게 무슨 말이죠?"

"보통 이런 경우에 변호사들은 저 거짓말을 깨기 위해 매달립니다. 하지만 사실 매달려야 하는 건 거짓말이 아니라 진실이지요."

노형진의 말에 고연미는 고개를 갸웃했다.

그사이에 판사는 곰곰이 생각을 정리하더니 노형진 측을 불렀다.

"피고인 측, 증인신문하세요."

"알겠습니다, 재판장님."

노형진은 자리에서 일어나서 천천히 증인석에 앉아 있는 어윤자에게 다가갔다.

"어윤자 씨, 지금까지 한 모든 진술이 사실입니까?"

"네, 사실입니다."

"그러면 그 진술을 다시 한번 해 주실 수 있나요?"

"네?"

"그 진술을 다시 한번 해 달라고 부탁드리는 겁니다."

"그거야 어렵지 않지요."

"네, 잠시만요. 재판장님, 잠깐 정리를 위해 표시를 해도 됩니까?"

"표시라고 한다면?"

"여기에는 배심원들도 계시니 제대로 설명되어야 하니까요. 화이트보드를 이용하려고 합니다."

"인정합니다."

아무런 표시도 없는 매우 깨끗한 화이트보드였기에 그걸 사용하는 건 어렵지 않았다.

　노형진은 칠판이 들어오자 보드 마카를 들어서 한 개의 선을 쫙 그었다.

　그리고 가장 앞에 '오전 8시'라고 표시했다.

　"그날 일을 하나씩 정리해 보죠. 오전 8시에 뭐 하셨습니까?"

　"그건……."

　그걸 보고 어윤자는 살짝 당황했다.

　지금까지 진술이라는 건 구체적으로 말할 수만 있으면 되었지 이렇게 정리할 수 있을 정도로 상세하게 말할 필요는 없었으니까.

　하지만 결국 비슷할 거라 생각해서 그녀는 말을 이었다.

　"오전 8시에는 자고 있었어요."

　"그렇군요. 그러면 일어난 게 언제죠?"

　"오전 9시쯤일 거예요."

　노형진은 칸을 하나 그어서 오전 9시 기상이라고 적어 넣었다.

　"그 이후에는요?"

　"아침을 먹었고요."

　"아침은 뭘 드셨습니까?"

　"그냥 있는 밥을 대충……."

"정확하게 대답하셔야 합니다."

노형진이 압박을 가하자 검사는 불만스럽게 외쳤다.

"재판장님, 이건 사건과는 전혀 상관없는 이야기입니다!"

"재판장님, 사건과 관련이 있는 이야기입니다. 다만 아직 드러나지 않을 뿐이지요."

"변호인 측 말을 인정하겠습니다. 사건의 진실성을 확인하기 위해서 사건 당일의 일을 시간 흐름으로 정리하는 게 월권은 아닌 것 같군요."

판사의 말에 검사는 왠지 짜증 났다.

쉽게 인사고과를 높일 수 있을 거라 생각했는데 사건이 이상한 방향으로 흘러가고 있었으니까.

"그날 아침 반찬이 뭐였습니까?"

"김치와 멸치볶음 그리고 김하고 계란 프라이요."

"좋습니다."

노형진은 그 타임라인에 반찬과 내용을 적었다.

"그 후에는 뭐 하셨나요?"

"아침 드라마를 봤어요."

"제목이 뭐였지요?"

"〈위층 시엄마〉였습니다."

"〈위층 시엄마〉. 좋습니다."

한 줄 한 줄 적히는 그날의 일들. 그 안에 노형진의 함정이 숨겨져 있었다.

"그날 내용은 기억하세요?"

"네?"

"그날 〈위층 시엄마〉에서 나왔던 내용 말입니다. 아니면 기억에 남는 장면이나요."

"아, 그게…… 위층에 사는 시엄마가 주인공의 머리채를 붙잡고 흔드는 거였어요."

"확신합니까?"

"네, 확신해요."

"그 후에는 뭐 했지요?"

"그다음에는 청소를 했지요."

하나하나 이야기를 정리하는 노형진.

"그리고 남편이 온 시간이 12시 30분. 맞나요?"

"맞아요."

오후 12시 30분. 강초진이 집으로 왔다.

"그리고 강간이 벌어진 시간은요?"

"1시…… 좀 안 된 걸로 기억해요."

"그렇군요. 그러면 12시 50분쯤으로 적어 두겠습니다. 동의하십니까?"

"네, 그때쯤이니까요."

노형진은 그렇게 말하면서 하나하나 정리했다.

"그 상황에서 벌어진 일은 2차 가해 가능성이 있으므로 자세하게 묻지는 않겠습니다."

그 말에 검사는 살짝 찜찜해졌다.

보통 변호사는 그 상황에서 자세한 이야기를 듣고 그걸 이용해서 트집을 잡으려고 하는 게 일반적이니까.

그러면 검사는 2차 가해라고 반박하면서 더 이상 질문을 못 하게 막아 버리는 게 일반적인 재판에서의 과정이었다.

그런데 정작 물어뜯어야 하는 부분에서 쿨하게 넘어가다니.

'내가 그걸 몰라서 그러겠어?'

노형진은 살짝 당황하는 검사를 보고 피식 웃었다.

거의 비슷한 방식으로 재판이 진행되는 걸 알기에 뻔한 과정에 변화를 주자 제대로 대응하지 못하는 것이다.

"그 당시에 부부 강간으로 신고하지 않은 이유가 뭐지요?"

"그때는 부부 강간이라는 게 있다는 걸 몰랐으니까요. 그리고 솔직히 결혼한 남편인데 그걸 신고하기도 그렇고요."

"그렇군요."

노형진은 검사가 당황하든 말든 말을 이어 갔다.

물론 그녀가 하는 말이 틀린 것은 아니다.

실제로 부부 강간으로 고소한다는 것 자체가 이혼을 결심하지 않으면 힘드니까.

그 부분은 따져 봐야 의미가 없다는 걸 알기에 노형진은 그다음에 벌어진 일을 물어봤다.

"그 이후에는 뭘 어떻게 하셨나요?"

"조용히 나왔지요."

"나오셨다고요?"

"네. 저를 강간하고 바로 퍼질러서 자기에 집을 나왔어요."

"그렇군요. 그러면 그날 나오고 나서 뭐 하셨지요?"

"그냥 친구들을 만나서 이야기 좀 하고……."

"재판장님! 피고인 측 변호사가 하려는 질문은 성인지 감수성에 대한 차별입니다."

노형진이 뭐라고 하려고 하자 선빵을 치는 검사.

노형진은 그런 검사를 바라보았다.

"제가 뭐라고 했는데 뜬금없이 성인지 감수성 문제를 걸고 넘어집니까?"

"강간당했다는 사람이 나와서 친구를 만나는 게 정상이냐고 물어볼 거 아닙니까?"

물론 일반적인 변호사라면 그럴 것이다.

그러니까 선빵 친 거다.

하지만 노형진은 그럴 생각이 없었다.

"아닙니다만."

"뭐요?"

"저도 대법원의 성인지 감수성에 대한 판례는 알고 있습니다. 제가 하려는 질문은 씻고 나오셨냐 이거입니다만?"

"네?"

"뭐라고요?"

뜬금없이 씻고 나왔느냐는 말에 어윤자도, 검사도 당황했다. 여기서 씻었냐는 질문이 왜 나오는지 몰랐으니까.

"씻었냐는 질문이 성인지 감수성에 걸립니까?"

"아니, 그건…… 2차 가해에 걸립니다."

"하지만 저는 법률적인 과정에 따라 시간의 흐름을 정리하자고 이야기했고, 그 과정에서 2차 가해를 걱정해서 자세한 부분에 대한 질문은 넘어갔습니다. 그런데 관계 이후에 씻었냐는 질문이 2차 가해인가요, 재판장님?"

재판장은 그 말에 고민하는 듯했다.

2차 가해란 그 사건을 곱씹거나 자세하게 캐물으면서 그 정신적 피해를 되새기도록 하는 행위.

씻었느냐는 질문은 애매하기는 하다.

하지만 2차 가해를 두려워해서 모든 질문을 차단하는 것도 법리상 허용할 수 없는 일이다.

만일 2차 가해를 두려워해서 관련 질문 자체를 금지하면 남자는 최소한의 방어 수단도 없게 되니까.

"해당 질문은 재판 과정에서 필요한 질문으로 보이는군요. 대답하세요."

검사는 자기 예상과 상관없는 질문이 나오자 떨떠름한 표정이 되었다.

"당연히 씻고 나왔지요."

"그렇군요. 그러면 그 당시에 만났던 사람들과 어떤 이야기를 하셨나요? 혹시 부부 관계에 대해 이야기하셨나요? 그날 있었던 일에 대한 불만이라든가."

"네. 그러니까 다들 부부 강간에 대해 이야기해 줬어요. 그 이야기를 듣고 이혼을 결심한 거고요."

노형진은 그 말에 씩 웃었다.

'물었군.'

법은 아 다르고 어 다르다.

자신의 예상이 맞다면 부부 강간에 대해 이야기해 준 건 그 여자들이 맞다. 하지만 그걸 언제 이야기해 줬느냐에 따라 상황은 달라진다.

물론 고소인인 어윤자는 그다지 바뀌는 게 없겠지만 말이다.

"좋습니다. 그러면 그 이후에는요?"

"저녁에 집으로 와서 밥을 먹고 잠을 잤어요."

"그러면 피고인인 강초진 씨는 일어났습니까?"

"아니요. 계속 잤어요."

"씻지도 않고요?"

"네. 그냥 다음 날 출근할 때까지 잠만 잤어요."

"그 후에 짐을 챙겨서 출근했다는 말씀이지요?"

"네."

"그러면 증인은 그날 저녁에 씻었습니까?"

"왜 그렇게 씻는 것에 매달리세요?"

사실 여자에게 씻었냐고 자꾸 캐물으면 상당히 오해받을 가능성이 높다.

그런데 다른 곳도 아닌 재판정에서 계속 그 질문을 하다니?

"필요한 질문입니다. 대답해 주세요."

"아니요. 씻지 않았어요. 나갈 때 씻었으니까."

"그러면 그날 저녁에 설거지를 하셨나요?"

"네, 했지요. 혼자서 밥을 먹었지만 그릇은 나오니까."

"시간은 언제였죠?"

"한 7시쯤으로 기억해요."

"알겠습니다."

그렇게 노형진은 타임라인에 다시 선을 그어서 저녁과 설거지에 대해 표시하고 다음 날 강초진이 출근했다고 주장하는 시간까지를 취침 시간으로 설정했다.

"이게 그날 타임라인이 맞나요?"

타임라인이 완성되자 노형진은 어윤자에게 물었다. 어윤자는 고개를 끄덕거렸다.

"맞아요."

"확실하게 묻겠습니다. 이게 그날 타임라인입니까?"

"네, 확실해요."

노형진은 그 말에 고개를 끄덕거렸다.

"재판장님, 지금부터 변론을 시작하겠습니다."

"변론?"

"지금까지 한 건 질문이었지요. 변론이 아닙니다."

노형진은 그렇게 말하면서 어윤자가 말한 타임라인 중 첫 번째 의심스러운 부분에 동그라미를 쳤다.

"증언에 따르면, 그날 아침에 어윤자 씨는 아침 드라마인 〈위층 시엄마〉를 봤습니다. 이 부분은 확실하지요?"

"네."

노형진은 칠판을 돌려 가면서 해당 타임라인을 판사와 배심원들에게 보여 주었다.

"재판장님, 추후 서면으로 제출하겠습니다만, 일단 여기서는 스마트폰으로 정보를 검색하여 드리겠습니다."

노형진은 스마트폰을 이용해서 해당 드라마를 검색해 사람들에게 보여 줬다.

"〈위층 시엄마〉는 아침 8시에 시작되는 드라마입니다. 주 5회 방송이 되지요. 그런데 아까 전에 분명 증인은 오전 9시쯤 일어났다고 했습니다. 아침 8시에 시작하는 드라마를 어떻게 볼 수 있었을까요?"

그 말에 어윤자는 살짝 당황했다. 자신의 기억대로 이야기했는데 그게 잘못되었을 줄은 몰랐으니까.

"증인, 그날 아침 9시에 일어난 게 맞습니까?"

"아, 그러니까……. 아니, 8시예요. 네, 8시. 제가 착각한 모양이네요."

물론 착각할 수 있다. 일어나면 시계부터 꼼꼼하게 확인하는 타입이 아니라면 그 정도 착각은 인정된다.

"그렇군요. 착각이군요. 그러면 그 장면에 대해서도 확신하십니까?"

"네? 장면이라니요?"

그 말이 뭘 의미하는지 어윤자는 살짝 이해를 못 했다.

노형진은 인터넷에서 해당 드라마의 장면을 검색하기 시작했다.

"요즘은 드라마의 내용을 정리해서 올리는 사람들이 많지요. 위층에 사는 시어머니가 아래로 내려와서 주인공인 며느리의 머리채를 잡고 흔드는 장면이라고 했지요?"

"네, 맞아요."

"그건 사건이 발생하기 하루 전에 방송된 장면입니다만?"

"네?"

"그 당시에 보셨다던 장면이 하루 전 내용이란 말입니다."

즉, 그날 그 장면을 본 뒤에 부부 강간이 이루어졌다면 그건 시간상 성립할 수가 없게 된다.

왜냐하면 그 장면은 그 전날의 내용이었으니 현실적으로 그 전날에 사건이 벌어졌어야 한다는 건데, 회사의 기록에 따르면 전날 그 시간에 강초진은 회사에서 죽어라 일하고 있었으니까.

이것이법이다

"필요하다면 그날의 출근 기록과 회사의 CCTV 영상을 제출하도록 하겠습니다."

"착각했습니다. 제가 날짜를 착각한 거예요."

어윤자는 황급히 나섰다.

'당연히 그렇게 말하겠지. 착각이라고 하면 어지간하면 다 받아 주니까.'

이게 이런 성범죄 사건 조사의 불공정성이다.

법에서는 일관성을 중요시하지만 정작 일관성이 없는 상황에서는 여자가 충격을 받아서 착각한 거라는 말로 변명하면 또 그걸 받아 주기 때문이다.

물론 네댓 번씩 틀리면 이상하다고 생각하겠지만 한두 번 정도는 착각이라는 말로 일관성을 부정해도 충분히 커버가 가능한 게 현실이다.

'하지만 이건 착각이라고 못 할걸.'

저 기억은 분명 착각할 수 있는 것이다.

하지만 착각이 아니라 다른 거라면?

기록에 남아 있는 거라면?

"착각이라……."

"착각 맞아?"

슬슬 배심원 쪽에서도 의심하기 시작하는 시점에, 노형진은 다른 의심 사항을 꺼내 들었다.

"다른 증거를 한번 보도록 하지요. 증인, 증인은 피해를 입은 이후에 씻고 친구들을 만나러 갔다 이거지요?"

"네, 맞아요."

아마도 친구들을 만난 건 사실일 것이다.

지금도 자주 만나는데 그 당시에 같은 아파트에 살 때는 얼마나 자주 만났겠는가?

하지만 노형진이 씻는 것에 대해 그렇게 집중적으로 파고든 이유가 있었다.

"재판장님, 이건 그날 온수 사용 내역입니다."

"온수? 무슨 온수?"

사람들은 어리둥절한 표정이 되었다.

'그래, 이게 정상이지.'

상황이 특수하다면 도리어 이쪽이 어떤 방향에서 공격할지 불확실한 경우가 많다.

하지만 가정 내부에서 벌어지는 부부 강간의 경우는, 외부에서는 그걸 증명할 방법이 없지만 그 일상이 너무 자연스럽게 사회적으로 관리되고 있기 때문에 자신도 모르게 잊어버리는 경우가 많다.

'특히 이런 관리비 같은 건 자동이체를 걸어 두기 때문에 거의 모르지.'

노형진이 노린 부분이 바로 그거였다.

"증인은 분명 그날 관계 이후에 씻고 친구들을 만나러 갔다고 했습니다. 하지만 그날 사용 기록을 보면 온수가 사용

된 시간대는 오전과 저녁입니다. 오전은 일어난 것으로 추정되는 9시 20분경, 그리고 저녁은 취침 전으로 예상되는 10시 10분경입니다. 정작 씻었다고 주장하는 오후 시간대에는 온수 사용량 자체가 없습니다."

요즘 아파트들은 보일러를 돌려서 온수를 공급하는 게 아니라 중앙난방식으로 온수를 공급한다.

그렇다 보니 각 세대는 온수 사용량을 체크해서 자동으로 기록하게 되어 있다.

물론 어떤 아파트는 그냥 매달 사용 단위를 확인해서 사용량을 기록하기도 하지만, 이곳은 다행히 사용된 기록이 모두 전산에 남는 형태였다.

"그 시기는 분명 한겨울입니다. 설마 그 시기에 완전 냉수로 샤워하신 건 아니겠지요?"

생각지도 못한 부분에서 거짓말이 드러나자 어윤자는 침을 꿀꺽 삼켰다.

'당황하는 걸 보니 적당한 말이 생각나지 않는 모양인데? 하긴, 이런 경우는 진짜 애매하거든.'

그럴 수밖에 없는 게, 여기서 착각이라고 하고 대충 날짜를 바꾸기에는 강초진이 집에 들어온 날짜의 간격이 너무 길다.

보통 일주일에 한 번 집에 오고 심한 경우는 열흘에 한 번 오기도 하니, 그 정도로 날짜를 착각한다는 것은 현실적으로 불가능하니까.

더군다나 그녀가 아까 말한 것처럼 아침에 봤다는 드라마 내용은 분명 그 시기를 특정하고 있다.

'그렇다고 다른 날짜로 바꾸려고 하자니 그것도 쉽지 않겠지.'

일단 아침 드라마 같은 경우는 IPTV 등을 통해 봤다고 하면 되는 일이기는 하지만, 당연히 그런 IPTV 같은 건 구매 기록이 남을 수밖에 없다.

더군다나 방금 말한 것처럼 온수 사용 내역이 기록으로 남아 있으니 그 시간에 맞추는 것은 불가능할 게 뻔하다.

'뭐, 다시 생각해 보니 안 씻었다는 식으로 말할 수도 있겠지만.'

하지만 씻은 것과 씻지 않은 것은 착각으로 커버할 수는 없는 수준의 차이였다.

"재판장님, 이건 그냥 정황증거일 뿐입니다!"

검사는 다급하게 반격하려고 했지만 이미 이 시점에서 배심원들은 흔들리고 있었다.

"이상입니다."

노형진은 더 이상 변론을 하지 않고 물러났다.

"검찰 측, 추가 증거나 다른 증인이 있습니까?"

"없습니다."

없다. 그게 문제다.

이쪽에서 부정했는데 그게 결정적이라면, 저쪽도 죄를 증명할 수 있는 건 없다.

자택 내에서 벌어진 부부 강간의 함정이었다.

"추가 조사를 해서 제출하도록 하겠습니다."

검사는 결국 이미 무너진 피고인 측의 진술을 보충할 수 있는 다른 방법을 찾아야 했고, 어윤자는 당황해서 어쩔 줄 몰라 하며 증인석에 앉아 있을 뿐이었다.

책임지지 않는 사람들

"어떻게 그걸 생각한 거예요? 온수 사용 내역? 아니, 누가 그런 걸 생각하겠느냐고요."

고연미는 기가 막혀서 말이 안 나왔다.

자신도 똑같이 변호사이고 지금까지 변론을 해 왔지만 온수 사용 내역 같은 건 확인해 보려고 생각한 적이 없다.

"아무래도 이건 부부 강간이니까요. 일반적인 강간 사건과는 결이 좀 다르지요."

일반적인 사건은 특수한 상황에 벌어지는 경우가 많고, 벌어지자마자 고발이 들어가는 경우가 대부분이다.

그래서 일상과 다르다는 것을 증명하는 게 불가능하다. 애초에 일상의 영역이 포함되어 있지 않으니까.

"하지만 가정 내에서 벌어지는 것은 일상의 영역에서 동시에 벌어지는 일입니다."

그리고 그 안에는 자신들도 모르게 무심하게 넘어가는 수많은 일들이 있다.

"드라마 내용도 마찬가지이고요."

아침 드라마를 보는 사람들이 많은데, 아침 드라마는 한두 개가 아니다.

각자 시간이 다르고 또 월요일부터 금요일까지 방영된다.

그렇다 보니 무심하게 보고 넘어가다 보면 그게 어떤 장면인지, 어떤 드라마에서 나온 건지 헷갈리는 수가 제법 많다.

"하지만 이런 사건에서 그러한 디테일은 아주 중요하니까요."

그 장면들 때문에 타임라인이 흔들리고 그 후에 거짓말을 무너트리기 시작하면 상황은 바뀐다.

"보통 변호사들은 거짓말에서 이상한 점을 찾으려고 하지요. 하지만 거짓말 자체를 공격하는 건 사실 의미가 없습니다."

어느 정도 지능이 되면 거짓말하는 건 어려운 일이 아니니까.

더군다나 충격으로 인해 기억이 혼미하다고 하면 그만이다.

"약을 조사할 때도 위약군이라는 존재가 있지요. 일상과 비교할 수 있는 근거가 있다면 그 자체로도 충분히 방어가 가능합니다."

"그러면 일단 사건 자체는 우리가 유리해지겠네요?"

"유리해지겠지만 그렇다고 이긴다고 확신은 못 하지요. 그리고 아시겠지만, 우리가 하는 소송은 부부 강간만이 아닙니다."

일단 부부 강간 사건에서 이긴다고 해서 이혼소송에서도 이긴다고 볼 수는 없다.

"하긴, 이혼소송이 문제이기는 한데. 이혼소송을 어떻게 해야 할지⋯⋯."

"그러니까 일단은 그 여자들을 불러내야지요."

"네?"

노형진의 말에 고연미는 고개를 갸웃했다.

그 여자들이라는 말이 순간 이해가 가지 않았기 때문이다.

하지만 생각해 보니 이 사건에서 '그 여자들'이라고 불릴 만한 사람들이 누구인지는 명확했다.

"전에 같이 만난 사람들요?"

"네, 그 사람들 말입니다."

"하지만 그 사람들이 우리 쪽에 유리한 이야기를 해 줄 것 같지는 않은데요."

노형진은 그 말에 고개를 끄덕거렸다.

사실 그럴 가능성 자체가 없다고 봐도 무방하다. 같이 신나게 씹어 댔으니까.

"물론 그럴 겁니다. 하지만 동시에 그들이 한 짓을 생각해 보세요."

강초진이 이혼 사유를 제공한 것은 사실이나 그걸 확대해석 하고 허위 사실로 고소를 진행하도록 바람을 넣은 것은 그 세 사람이다.

"그들이 그럴 수 있었던 이유는 이 재판이 어떻게 되든 자신들은 관련이 없다고 생각하기 때문입니다. 하지만 그게 아니라고 한다면 어떨까요?"

"흠…… 글쎄요. 그런데 어떻게 아닐 수가 있지요?"

"형사재판에서 세 사람의 존재가 나왔으니까요. 이런 사건에서는 의외로 사후 관계인의 증언도 상당히 중요합니다."

"아하!"

사후 관계인이란 성관계를 맺은 사람을 의미하는 게 아니다.

어윤자는 분명 세 사람과 만나서 그날 있었던 일에 대해 이야기했다고 했다.

상당한 시간이 지난 이후에 한 거라면 모를까, 그날 바로 이야기한 거라면 사건의 주요 증인으로 취급받을 수 있다.

"세 사람이 가볍게 떠들어 댄 이유는 자신과 관련이 없다고 생각해서일 겁니다. 사실 일반적으로 그게 사실이고요. 하지만 그게 자기 자신과 연결된다면 어떻게 될까요?"

"흠…… 증인으로 출석하면 그 순간부터 위험해지기는 하네요."

그날 강간이 있었다고, 어윤자는 세 사람과 이야기했다고 했다.

하지만 노형진이 읽은 강초진의 그날 기억에서는 아무런 일도 없었다.

그 말은 그날 어윤자가 세 사람을 만나서 강간 이야기를 했을 가능성은 없다는 거다.

애초에 어윤자의 말이나 녹음된 파일을 봐도 이 당시에 어윤자는 부부 강간죄라는 게 있다는 것도 모르고 있었으니까.

"결국 그날 자신이 당한 것에 대해 이야기했다는 것은 거짓말일 테죠."

문제는 거기에서 발생한다.

만일 어윤자를 편들어 주기 위해 그날 당한 일에 대해 들었다고 이야기한다면?

진실이 드러나는 경우 위증죄로 처벌받는다.

"그 세 사람은 아주 절친이고 서로를 위하는 것처럼 말하지만 사실은 그렇지 않지요. 이루 말할 수 없이 가벼운 사이입니다."

그렇다면 자신의 위증 처벌을 각오하고 세 사람이 거짓말해 줄까?

더군다나 이미 어윤자는 의심을 받고 있는 상황이다.

"우리로서는 불리할 게 없죠."

만일 어윤자가 존재하지도 않은 일에 대해 세 사람에게 이야기했다면 아주 작정하고 범죄를 조작했다는 의미니까.

"흠…… 하지만 세 사람, 아니 네 사람이 만나서 아예 작정하고 위증하면 어떻게 하시려고요?"

"물론 그럴 가능성도 있습니다. 하지만 그걸 위한 대비책도 있습니다. 사람은 결국 누구보다 자기 자신을 우선시하기 마련이거든요, 후후후."

⚖️

얼마 후 세 여자 중 한 명인 강요화는 증인 출석요구서를 보고 바들바들 떨었다. 설마 자신에게 출석요구서가 올 거라고는 전혀 생각하지 않았기 때문이다.

어윤자와 만나서 신나게 별의별 이야기를 다 했지만 그건 어디까지나 자기네 스트레스 해소용이었지, 설마 재판에서 죄의 유무를 판단하는 이야기가 될 줄은 몰랐다.

"여보, 도대체 뭘 하고 다니는 거야?"

"아니, 내가 뭘?"

"아니, 뭘 했기에 증인 출석요구서가 오냐고."

"이건 내가 뭘 한 건 아니잖아! 그냥 다른 사람 사건에 대해 이야기하라는 건데 내가 어쨌다는 거야?"

"끄응…… 그건 그런데……."

남편은 그걸 보고 기가 막혀 했지만, 아내인 강요화의 말이 틀린 것도 아니었기에 크게 뭐라고 하지는 않았다.

다만 당혹스러워할 뿐이었다.

"이거 진짜 뭔가 있는 거 아니지?"

"아니라니까. 그냥 동네 아줌마들끼리 수다 떤 건데 그중한 명이 엮인 것뿐이야."

"쯧, 귀찮게시리."

남편은 별일 아니라는 말에 순순히 넘어가는 듯했지만 당사자가 된 강요화는 심장이 떨리는 기분이었다.

"아니, 이 여편네는 진짜 뭔 짓을 했기에 나한테까지 증인 출석을 하게 하는 거야?"

짜증스럽게 말하는 강요화. 그녀는 혹시나 하는 마음에 바로 다른 두 사람에게 전화를 걸어 보았다.

아니나 다를까, 다른 두 사람 역시 증인 출석요구서를 받았다.

"자기도 받았지? 이거 어쩔까?"

─가야지. 별수 없잖아.

"안 갈 수는 없나?"

-안 가면 처벌받는다는데?

"아니, 짜증 나네. 윤자는 왜 우리에 대해 떠벌린 거야?"

-그러니까. 어린애라고 예뻐해 줬더니. 하여간 어린애들
은 생각이 없어.

어윤자가 없으니 뒷담화를 하는 두 사람.

하지만 아무리 뒷담화를 해도 화가 풀리지는 않았다.

"일단 만나서 이야기하자. 나머지 두 사람에게는 내가 이
야기할게."

강요화는 짜증스럽게 말했다.

하지만 그녀는 이미 노형진의 함정에 빠졌다는 것을 전혀
알지 못하고 있었다.

⚖️

"윤자 너, 이거 어떻게 된 거야? 어?"

"아니, 그게…… 제가 부른 게 아니에요. 상대방 변호사가
증인 요청을 했더라고요."

"상대방 변호사가 왜?"

"아, 몰라요. 갑자기 온수 어쩌고 하면서 몰아붙이는데,
그거 때문에 사건이 뒤집어지게 생겼어요."

"그러면 어쩌려고?"

"일단은 내가 착각했다고 검사한테 우기고 있기는 한데, 검사도 무슨 착각을 그렇게 많이 하느냐고 따져서 돌겠어요. 언니들, 언니들이 조금씩 도와주면 안 돼요?"

"뭘 도와줘?"

"그냥 그날 들었다고 해 줘요. 그러면 다 되는 거잖아요."

어윤자가 어떻게 해서든 세 사람을 설득하려고 할 때, 그들의 뒤에서 반갑지 않은 목소리가 들렸다.

"그건 추천하지 않습니다만."

"누구세요?"

고개를 돌려 보니 낯선 여자가 서 있는 걸 보고 세 사람은 고개를 갸웃했지만 어윤자는 깜짝 놀랐다. 노형진과 함께 사건을 담당하고 있는 고연미 변호사였기 때문이다.

"지금 위증 교사하시는 거죠?"

"위…… 위증 교사라니요! 증거 있어요?"

"증거는 없지만 증인은 있죠."

"누구요?"

"저요. 제가 지금 다 들었습니다만?"

그 말에 네 사람은 꿀 먹은 벙어리가 되었다.

다른 사람도 아닌 변호사가 모든 걸 다 들었다고 하니 할 말이 없어져 버렸기 때문이다.

네 사람이 놀라는 것과 마찬가지로 고연미 역시 놀랄 수밖에 없었다.

'분명 만날 거라고 하더니.'

그래서 노형진은 어윤자에게 사람을 붙였다.

그녀가 나머지 세 사람을 만날 때 바로 자신이나 고연미를 부르라고 말이다.

감시하던 사람은 어윤자가 나머지 세 사람을 만나자 바로 연락했고, 마침 업무가 없었던 고연미가 바로 달려온 것이다.

"위증 교사하는 거 잘 들었습니다."

"아니, 위증하라고 한 게 아니라……."

"저는 할 말이 없어요."

"저희가 위증한다고 한 것도 아니고……."

애써 변명하는 사람들.

고연미는 그런 세 사람을 보며 차갑게 말했다.

"세 분, 만일 증인석에서 위증하신다면 제가 세 분이 만난 걸 증언하겠습니다. 위증 교사하는 장면을 제가 똑똑히 봤고, 무엇보다 여기에 있는 CCTV라면 충분히 증거가 될 것 같은데요."

"……."

그 말에 사색이 되는 세 사람.

"아니…… 미안해요. 우리는 위증하려고 한 게 아니라니까."

강요화는 다급하게 변명했지만 이미 제대로 걸려 버린 상황.

"뭐, 세 분 다 증인석에 설 테니까 나중에 뵙지요."

고연미는 씩 웃으면서 그곳을 떠났다.

하지만 이미 어윤자와 세 사람 사이에는 돌이킬 수 없는 벽이 생겨난 후였다.

"어머나…… 미안해. 내가 가스 불을 켜 두고 온 것 같네."

"아 참, 나도 저녁때 시어머니가 오기로 해서……."

"언니들……."

어윤자는 다급하게 일어나는 세 사람을 잡으려고 했지만 이미 세 사람은 어윤자에게서 마음이 떠나 있었다.

마음만 떠난 게 아니라 가능하면 엮이고 싶지 않았다.

"나중에 만나서 이야기하자, 호호호."

세 사람은 뒤도 안 돌아보고 커피숍을 나섰다.

홀로 남은 어윤자는 멍하니 세 사람이 나간 문을 바라보는 것 말고는 할 수 있는 게 없었다.

⚖️

다시 시작된 재판.

세 사람은 노형진의 예상대로 철저하게 어윤자를 배신했

다.

자신들이 한 말이 있기는 하지만 그렇다고 해서 자신들이 그 처벌을 받고 싶지는 않을 테니까.

"증인, 그러면 그날 어윤자 씨에게 강제적 성관계에 대한 어떠한 말도 들은 적이 없단 말이죠?"

"네, 그런 말은 들은 적이 없어요."

"그러면 그날 한 이야기는 뭐였지요?"

"그냥, 이혼하고 싶다는 이야기요. 가정에 소홀한 것에 대한 불만이랑, 저희 같은 경우는 시댁에 대한 불만이나……."

강요화의 진술이 이어지는 내내 어윤자가 부들부들 떠는 게 보였다.

일이 이 지경이 될 거라고는 생각도 안 했을 테니까.

"그러면 그날 외에 다른 날에라도, 강제적인 부부 관계 시도에 대해 들은 적은 있나요?"

"아니요. 없어요."

"그러면 반대로 부부 관계가 없다는 것에 대해서는요?"

"그에 대해서는 몇 번 들었어요. 일에 미쳐서 집에도 안 들어오고 자신한테 손가락 하나 까딱하지 않는다고요."

그 말에 고개를 숙이는 어윤자.

이로써 부부 강간이 성립하지 않게 되었으니까.

'뭐, 여기서 끝내도 되기는 하지만.'

일이 이 정도 되면 배심원들은 이미 진실에 대해 알게 되었다고 봐야 한다. 당연히 강초진은 무죄가 될 것이다.

하지만 노형진은 여기서 끝낼 생각이 없었다.

여기서 끝낸다면 부부 강간에서야 벗어날 수 있겠지만 이혼 소송에서 유리한 포지션을 차지하는 것은 전혀 다른 문제니까.

"그러면 증인은 부부 강간에 대해 어윤자와 이야기하거나 들은 적이 있습니까?"

"네?"

"부부 강간에 대해 이야기하거나 그에 대해 알려 준 적이 있느냐 말입니다."

노형진이 여기서 이렇게 훅 치고 들어간 것은 그녀가 현재 증인으로서 선서한 상황이기 때문이다.

강요화는 증인 선서를 했기에 그 후에는 어떤 거짓말을 하든 그녀는 위증죄로 처벌받게 된다.

'이혼소송에서 이기려면 모해위증죄로 엮어야지.'

모해위증죄로 엮기 위해서는 고의성이 입증되어야 한다.

이건 위증죄와는 다른데, 위증죄는 단순히 자신이 아는 것에 대해 거짓말하는 것인 반면 모해위증죄는 상대방이 처벌받게 하기 위해 거짓말하는 거다.

단순 위증과 모해위증은 그 죄목이나 처벌이 아주 다르다.

단순 위증은 벌금이나 금고 정도지만, 모해위증은 처벌이

10년 이하 징역이다.

일반적인 무고보다 훨씬 처벌이 높은데, 무고는 단순히 경찰에 신고하는 것인 반면 모해위증은 증인 선서를 하고 하는 행동이기 때문이다.

노형진은 그걸 알기에 모해위증으로 어윤자를 엮을 생각이었다.

그러기 위해서는 강요화가 어윤자에게 해당 사실, 즉 부부 강간에 대해 이야기해 줬다는 증언이 필요했다.

"저는 그게, 말해 주거나 들은 적은 없어서……."

"그래요?"

자신이 말해 줬다면 혹시나 불이익을 받을까 두려웠던 강요화는 결국 거짓말을 했다.

하지만 노형진은 그 말에 씩 하고 웃었다.

그녀가 그렇게 말한다고 해서 놔줄 생각은 없었으니까.

"저희한테 들어온 제보는 좀 다릅니다만."

"네?"

"저희 쪽에 들어온 제보에 따르면 강요화 씨가 어윤자 씨에게 적극적으로 부부 강간이라는 범죄에 대해 알려 주고 그 방법으로 막대한 수익을 얻을 수 있다고 설명해 주면서 범죄 행위를 교사했다고 하던데요."

"누가 그래요!"

강요화는 기겁해서 펄쩍 뛰었다. 실제로 그랬으니까.

문제는 이걸 단순 조언으로 판단하느냐 아니면 범죄의 교사로 판단하느냐는 것이었다.

"제가 제보자에 대한 정보를 제공할 수는 없지요. 그저 그와 관련해서 제보자의 증언을 전해 드릴 뿐입니다."

"절대 아니에요! 진짜예요!"

"그래요? 그러면 105동의 그분에 대한 자료를 공개해도 될까요?"

그 말에 강요화는 표독스러운 눈빛으로, 증언하기 위해 기다리고 있던 두 여자를 노려보았다.

자신의 정보처가 105동이라는 걸 알고 있는 사람은 저 두 사람과 어윤자뿐이니까.

'이렇게 되면 서로 배신할 수밖에 없지.'

이미 거짓말이 걸린 강요화뿐만 아니라, 이쪽에서 진실을 알고 있다는 것을 알게 된 두 사람도 거짓말은 못 하게 된다.

물론 노형진이 105동에 관련된 녹음 파일을 공개할 이유도 없다.

"재판장님, 제가 증인에게 법률적 조언을 해도 됩니까?"

"하세요."

"감사합니다."

재판장에게 허락받은 노형진은 강요화에게 말했다.

"이미 당신은 위증죄를 저질렀습니다. 아시죠? 저희에게는 그걸 입증할 수 있는 증거가 있고요."

그 말에 격하게 흔들리는 강요화의 눈빛.

자신이 감옥에 갈지도 모른다는 생각에 그녀의 심장은 공
포로 미친 듯이 뛰기 시작했다.

그 순간을 노리고 있던 노형진은 그녀에게 구원의 동아줄
을 내려 줬다.

"하지만 당신은 아직 증언을 끝내지 않았지요."

"네?"

"아직 증언이 종료되지 않은 상황에서 기존 증언을 철회하
고 진실을 말하면 위증으로 처벌받지 않습니다."

그 말에 강요화는 진실인지 알고 싶어서 주변을 두리번거
렸다.

검사는 이미 게임이 끝났다고 생각하는 건지 두 눈을 가리
고 있었고, 판사는 고개를 끄덕거리고 있었다.

"피고인 측 변호인의 말이 맞습니다. 아직 증언이 종료되
지 않은 상황에서 진실을 이야기한다면 위증죄가 성립되지
않습니다."

그 말에 강요화의 입에서 진실이 튀어나왔다.

"제가 이야기해 줬어요! 저희 아파트 105동에 사는 여자가
이혼하면서 전 남편한테 부부 강간죄를 뒤집어씌워서 자신
에게 유리하게 재산을 분할했고 추가로 1억이 넘는 돈을 가
지고 왔다고 한 적이 있어서요."

"범죄를 교사한 겁니까?"

"아니에요! 저는 그냥 그런 일이 있다더라는 식으로 말했어요! 제가 어윤자한테 그런 일을 하라고 한 적은 없어요! 진짜예요!"

지옥에 발을 살짝 담갔던 강요화는 거기에서 벗어나기 위해 다급하게 말했다.

그 말을 들은 어윤자는 얼굴이 창백해지며 손을 부들부들 떨었다.

"그날이 언제입니까?"

"어…… 1월 22일이었던 걸로 기억나요. 네, 맞아요. 22일이었어요. 그날, 이혼소송을 한다고 이혼 소장을 넣고 왔다고 했어요. 그러면서 복수하고 싶다고 그랬어요."

"그래서 그 방법을 조언해 줬다?"

"아니, 조언해 줬다기보다는 그냥 그런 일이 있었다고 들었다고 이야기한 것뿐이에요. 하라고 한 적은 없어요!"

가볍기 그지없는 관계.

그 관계는 결국 파탄을 향해 달려가기 시작했고, 강요화의 말을 들으면서 다른 두 사람도 결국 진실을 말하기로 결심할 수밖에 없었다.

여기서 어윤자의 편을 들어 주면 자신들 아니면 강요화 둘 중 하나에게 위증이 성립될 테니까.

그리고 그들은 어윤자를 대신해 감옥에 갈 생각이 전혀 없었다.

　재판이 끝나자마자 어윤자는 모해위증으로 현장에서 긴급
체포 되었다. 거짓말한 게 드러났고 더 이상 그걸 유지할 힘
이 없었으니까.
　그제야 어윤자는 자기는 그냥 이혼만 하고 싶었을 뿐이라
면서 울고불고 난리를 피웠지만 이미 그녀가 한 일이 그녀를
옥죄고 있었다.
　당연히 강요화가 한 증언에 따라 105동의 누군가도 경찰
의 수사를 받게 될 건 뻔한 일.
　"부부 강간은 뒤집을 수 없을 거라고 생각했는데."
　김성식은 사건 기록을 보면서 신기하다는 듯 말했다.
　현실적으로 부부 두 사람만이 사는 집에서 벌어진 사건에
대해 증명하고 뒤집는 건 불가능하다고 생각했다.
　그래서 이혼과 관련해서 실제로 수많은 부부 강간 사건이
발생하고 있지만 대부분은 진실과 상관없이 확정적으로 처
벌받고 있는 상황이었다.
　"온수라……. 확실히 특이하기는 하네요."
　"강간에서 피해자들의 행동 패턴에 꼭 들어가는 부분이 바
로 씻는다는 행위니까요."

단순히 관계 이후의 청결이 문제가 아니다.

그러한 행동을 통해 자신이 당한 더러운 일을 씻어 내고 싶다는 심리적인 방어기제로서 가장 흔하게 나오는 형태가 바로 씻는다는 행위다.

"설사 그게 아니라고 해도 관계 이후에 씻는 건 어찌 보면 당연한 문화니까요."

그래서 노형진이 굳이 씻었느냐는 질문을 계속 한 것이다.

처음부터 온수를 물고 늘어졌다면 어윤자는 안 씻었다고 하면 그만이니까.

하지만 이미 씻었다는 증언을 한 상태에서 기록은 그것과 충돌할 수밖에 없었다.

"하지만 이 사건에서는 운이 좋은 거 아닌가? 사실 온수 사용량을 디지털로 기록하는 곳이 많은 것도 아니고. 개별난방을 하는 곳인 경우는 보일러를 통해 온수를 공급받기도 하니까."

노형진은 그 말에 고개를 끄덕거렸다.

그런 경우는 확실히 증거를 뒤집기 힘들다.

"그래서 제가 물어본 게 바로 방송입니다. 상황에 따라 다르지만 전업주부의 경우는 TV를 보는 게 패턴화되어 있지요."

"하지만 방송은 증명력이 좀 약한데요?"

고연미 변호사는 걱정스럽게 물었다.

확실히 온수 같은 경우는 거짓말이 증명되는 거라 중요한 무게감이 있지만, 방송의 내용 같은 경우는 아무래도 착각이 가능한 정보라서 법원에서 쉽게 허락하지 않을 테니까.

"그런 경우는 다른 걸 확인하면 됩니다. 일단 가장 먼저 할 수 있는 게 게임이나 IPTV의 구매 내역이겠지요."

"흠…… 하긴, 게임 같은 건 구매해서 해야 하는 거니까 그 와중에 강제적인 성관계가 벌어지기는 힘들겠지."

게임 같은 경우는 지속적으로 컨트롤이 필요하다. IPTV 역시 그런 상황에서 구매하거나 하지는 않을 테니까.

"그게 아니라고 해도 배달 내역이나 통화 내역 같은 것도 가능합니다. 사실 사람은 일상에서 자신도 모르게 뭔가 하고 있다는 증거를 계속 남기기 마련입니다. 특히 지금처럼 기술 발전이 이루어지고 모든 게 인터넷으로 연결된 상황에서는요."

"집 내부에서 외부로 가는 일상을 모두 기록으로 확인한다라……."

그렇게 된다면 운이 좋다면 이번처럼 현실적으로 부부 강간이 불가능하다는 게 입증될 수도 있다.

"하다못해 카드 내역도 있을 수 있고요."

물론 이게 이혼을 위한 허위 신고를 완벽하게 막을 수 있는 것은 아니다.

하지만 일상을 추적해서 가짜 신고를 막을 수 있다는 것만으로도 이혼당하는 사람들에게는 큰 부담을 더는 것이다.

더군다나 현실은 디지털화되어 가고 있다. 당장 냉장고에서 디지털 정보를 이용하면 언제 냉장고를 열고 닫았는지도 확인할 수 있다.

　일단 문을 열고 닫았다는 기록이 남아 있을 수 있고, 그걸 따로 기록하지 않는 냉장고라고 해도 기본적으로 디지털 장비가 실내 온도 변화를 감지해서 냉각장치를 작동시킨다.

　만일 사건이 벌어진 때에 냉장고의 작동 기록이 발견된다면 시간적 충돌 가능성도 따질 수 있게 된다.

　"물론 정황상의 증거가 되겠지만, 없는 것보다는 나을 테니까요."

　"이혼소송이 우리에게 엄청나게 몰리겠군."

　김성식은 왠지 씁쓸하게 웃었다.

　안 그래도 과로로 쓰러지기 직전이니까.

　"적당히 하늘과 일을 분배해야지요. 그나저나 강초진 씨는 뭐라고 하던가요?"

　어윤자가 거짓말한 게 드러나자 강초진에게는 당연히 무죄가 선고되었다.

　다음 주에 있을 이혼 재판에 가면 아마도 귀책사유 문제로 기각될 가능성이 높다.

　물론 강초진이 가정에 소홀한 건 사실이지만 어윤자가 심각한 귀책사유를 발생시킨 시점에서 그게 가정 소홀로 일어난 이혼소송인지, 아니면 어윤자가 자신의 귀책사유를 감추기 위해 핑계로 이혼을 청구한 건지 알 수가 없게 되었으니까.

"그게 말이지요."

고연미는 왠지 살짝 당혹스러운 표정이었다.

"강초진 씨는 이혼을 하지 않겠다고 하시더라고요."

"네? 지금 상황에서요?"

노형진은 그 말에 깜짝 놀랐다.

지금 어윤자는 심각한 죄를 저질러서 체포당한 상황이다. 그런데 이혼을 하지 않겠다니?

"만일 이혼소송을 안 하면 사실상 용서하는 게 됩니다. 그렇게 되면 어윤자 씨의 처벌이 약해질 뿐만 아니라 추후에 이혼하려고 할 때 불리해질 겁니다."

지금이야 어윤자가 크게 잘못한 것이 사실이지만 당장 이혼을 하지 않고 혼인 관계를 유지한다는 것은 사실상 이번 사건을 용서한다는 뜻이고, 이런 경우 나중에 강초진이 이혼하려고 한다 해도 사건 자체에 관해서는 서로 합의를 통해 종료된 것으로 보기에 그때에 '과거에 이런 일이 있어서 이혼하려고 합니다.'라는 말은 먹히지 않는다.

"그 부분에 대해 설명하신 건가요? 아니, 그렇게 좋답니까?"

"설명이야 했지요. 그리고 좋아서 꽉 잡고 있으려고 하는 건 아니라 하더군요."

"네? 그게 무슨 말이지요?"

"어차피 자기는 누군가를 만날 틈도 없다고 하더라고요. 최소한 당분간은 말이지요."

"지금 상황에서 누구 만날 기분도 아니겠지요."

바쁜 걸 떠나서, 와이프한테 이 정도로 세게 뒤통수를 맞았는데 누군가와 만나서 재혼에 대해 이야기하는 건 아마 불가능할 것이다.

'안 그래도 일중독인 사람이 더 일중독에 빠지게 생겼네.'

그걸 알고도 재혼하면 모를까, 그게 아니라면 재혼 상대에게도 불행이기에 노형진은 그가 딱히 누구와 만나지 않겠다는 것을 말리고 싶지는 않았다.

"그런데요?"

"아직 재판이 끝나지 않았으니 재판이 끝난 후에 이혼소송을 할 거라고 하더군요."

"재판이 끝난 후에? 아하! 무죄 추정의 원칙 때문이군요."

"네, 맞아요. 사소한 거긴 하지만 또 그만큼 중요한 거니까."

어윤자가 한 행동은 이미 드러났고, 재판 과정에서 그녀가 한 신고와 진술 등을 증거로 삼는다면 죄는 확정적이다.

"하지만 모든 죄는 판결이 나기 전에는 무죄로 추정하게 되어 있지."

실제로 그게 제대로 지켜지지 않고 있기는 하지만 일단 그러한 규정이 있는 것은 사실이다.

"지금 이혼소송을 한다면 그것 때문에 이혼소송 과정에서 그걸 입증하는 번거로움이 있겠군요."

아무리 다 나와 있는 판결이라지만 그래도 확정적으로 선고가 이루어진 건 아니기 때문에 그걸 다시 증명해야 해서 복잡하고 지루한 시간이 이어질 것이다.

"어윤자도 그렇게 시간을 끌면서 어떻게 해서든 강초진 씨와 합의하려고 할 테고요."

"쯧쯧, 합의될 리가 없는데."

노형진은 혀를 끌끌 찼다.

하지만 이미 죄가 드러난 상황에서 형량을 줄이는 유일한 선택지가 합의인 만큼 어윤자는 합의하기 위해 최선을 다해 매달릴 것이다.

"소심하지만 또 한편으로는 확실한 복수네요."

하지만 소심한 복수라고 해도 충분히 위력적이다.

형사사건을 1심에서 끝낸다고 해도 처벌을 약하게 하기 위해 어윤자가 2심을 신청할 건 뻔하고, 재판하는 중에 어떻게 해서든 합의서를 내려고 할 것이다.

그러면서 어윤자는 혹시나 하는 기대를 하게 된다.

이혼소송조차 하지 않고 있으니 잘만 설득하면 용서를 받을 수 있지 않을까 하고.

그리고 사람은 혹시나가 역시나가 될 때 크게 고통받기 마련이다.

못해도 재판 기간이 1년은 걸릴 테고, 그 기간이 끝나면 감옥으로 가서 살고 나와야 한다.

그사이에는 강초진이 확실하게 유리하게 이혼소송을 진행할 수 있다.

단순히 형사적 조사를 넘어서 감옥에 가 있다면 확실하게 이혼 청구 대상이고, 재판해도 이쪽에 유리할 테니까.

"그리고 어윤자가 감옥에 있는 사이에 이혼하게 된다면 심정 충격은 더 크게 오겠지요."

실제로 감옥 밖보다 감옥 안에서 재판으로 이혼당하는 게 훨씬 충격이 크다.

"현실적으로 보면 어윤자가 다시 결혼할 가능성은 전혀 없을 테고요."

어윤자는 강초진에게서 두둑하게 돈을 받아 와서 재혼을 꿈꿨을지 모르겠지만, 세상에 어떤 남자가 돈을 노리고 전 남편을 부부 강간으로 고소한 여자와 결혼하겠는가?

설사 감추고 어찌어찌 결혼했다 해도 들키는 순간 어윤자에게 귀책사유가 발생하게 된다.

즉, 어윤자는 이제 모든 사실을 알고도 결혼해 줄 사람을 찾지 못하는 이상에야 젊은 나이에도 불구하고 재혼은 꿈도 못 꾸게 될 것이다.

귀책사유로 인해 자신이 결혼 비용과 손해배상 비용을 물게 될 테니까.

"소심한 복수라면 복수지. 하지만 이런 복수를 생각한다는 것 자체가 상당히 충격받았다는 소리가 아니겠는가?"

"그건 그러네요. 강초진 씨 보니까 전형적인 이과분이던데."

대부분의 사람은 복수한다고 해도 결국은 법의 테두리 안에서 하려고 한다.

물론 지금 강초진도 법의 테두리 내에서 복수하는 게 맞기는 하다.

하지만 강초진이 법률 전문가가 아니라는 점을 알아야 한다.

그는 법에 대해 모르고, 사건 자체에서도 특별히 법률 전문가로서의 모습을 보여 준 적은 없다.

그런 그가 똑같이 법의 맹점을 이용해서 방어하고 역으로 정신적 고통을 주려고 한다.

그리고 그녀의 미래까지 확실하게 막으려고 하고 있다.

이과 출신인 그가 그런 계획을 했다는 것 자체가 상당히 많은 고민을 했다는 증거다.

물론 그걸 노형진이 도와줄 이유는 없지만 말이다.

"아, 그러고 보니 복수 이야기가 나와서 말인데, 손아령 씨 사건은 어떻게 되어 가는 거예요?"

"아, 손아령 씨 사건요? 하긴, 복수 이야기에서 그 부분을 빼면 안 되지요."

노형진은 고연미 변호사의 말에 씩 하고 웃었다.

"이제 피날레가 얼마 남지 않았습니다. 아마 조금만 기다
리면 대한민국이 발칵 뒤집어질 겁니다, 후후후."

존재할 수 없었던 아이

법이라는 것은 완벽하지 않다.

약점도 있고, 또한 제대로 고쳐지지 않는 부분도 있다.

좀 극단적으로 표현하자면 법은 투표권이 없는 사람이나 사회적으로 소외받는 사람에 대해서는 제대로 작동하지 않는 경우가 많다.

사람들의 상식으로는 이해가 안 가지만 법리적 싸움으로 인해 법이 이상하게 만들어지는 경우도 있다.

정확하게는 법 이론이나 학설을 우선시하다 보니 사람들이 생각하는 상식과는 멀어지는 거다.

그리고 그런 건 일반인도 이해를 못 하는데, 하물며 오광훈에게 이해시키려고 하면 머리가 빠개지는 느낌이 올 수밖에 없었다.

"이런 경우를 상상적경합이라고 하는데."

몇 달 전 노형진은 오광훈에게 복잡한 사건에 대해 설명하느라고 머리를 부여잡고 있었다.

법률 전공자들도 종종 힘들어하는 걸 다른 사람도 아닌 오광훈에게 설명해 주려고 하니 숨이 턱턱 막히는 느낌이었다.

"그걸 왜 상상을 해?"

"아니, 그런 머릿속에서 상상하는 그 상상이 아니라, 여기서 말하는 상상은 두 사건이 동시에 발생하는 경우에 어느 사건이 우선이냐에 대한 판단 문제거든?"

"그러니까 그걸 왜 복잡하게 생각하느냐고."

오광훈은 이해가 안 간다는 듯 말했다.

상상적경합이니 뭐니 하는 학문적 용어는 중요한 게 아니다.

나쁜 놈을 잡는다는 단순함이 그에게는 더 좋았다.

"아니 복잡한 건 아니고, 쉽게 표현하면 이런 거야. 누가 도둑질을 했어. 그럼 절도죄가 되지? 그런데 경찰이 봤네? 그래서 그놈을 잡으려고 했어. 그랬더니 그 절도범이 도망치다가 경찰에 저항해서 치고받고 싸운 끝에 잡혔네? 그러면 그때는 절도죄와 공무집행방해죄의 상상적경합이 되는 거야."

이것이법이다

나름 쉽게 설명한 노형진.

하지만 천재가 아무리 쉽게 설명한들 그걸 일반인이 알아들을 수 있을까?

당연히 오광훈은 못 알아들었다.

"아니, 피해자는 한 사람이고 경찰은 업무를 한 거 아냐? 그러면 절도 따로, 공무집행방해 따로 들어가야 하는 거 아니야?"

"그 두 가지 사건의 발생에 있어서 어느 정도 시간적 차이가 있다면 그렇지. 가령 절도 이후에 도망갔다가 다음 날 발각되어서 저항한다거나 하는 경우는 말이야. 하지만 이런 경우는 절도 이후에 도주라는 행동이 여전히 진행 중인 한 가지 행동이란 말이지."

"하지만 피해자가 두 명이잖아?"

"아니, 그러니까 그걸 두 가지 범죄로 처벌하면 한 가지 범죄로 두 가지 처벌을 해야 하는데, 그러면 일사부재리와 정면으로 충돌하게 되지."

"사건이 종료되는 게 언제인데?"

"일단 이론에 따르면 가해자가 평온한 상태에 들어가면 종료로 보는데."

"평온한 상태의 기준이 뭔데?"

"그거야 일상적인 생활을…… 아으…… 내가 머리가 아프네."

노형진은 한참 설명하다가 고개를 절레절레 흔들었다.

하긴, 이 상상적경합범이라는 죄목은 생각보다 난이도가 있는 거다.

차라리 무슨 행동은 몇 년 형이라고 하는 건 외우면 그만이지만 상상적경합이라는 것은 여러 죄를 비교하고 그 발생부터 종료까지를 감안해야 하는 거니까.

"좋아. 아주 간단하게 말할게. 누가 널 칼로 찔렀어."

"그건 확 와닿네. 몇 번 찔려 봤거든."

"자랑이다. 하여간 그런데, 그 과정에서 네가 입고 있는 옷에 구멍이 났네?"

"칼로 찔렀으면 당연한 거 아냐?"

"그러니까. 그런 경우에는 말이지, 너에 대한 살인미수와 너의 옷에 대한 재물손괴가 동시에 발생하는 거야. 그렇지?"

"오케이. 그래서?"

"그래서는 뭘 그래서야. 그런 경우는 상상적경합을 통해 죄가 무거운 쪽으로 처벌해야 한다는 거지. 간단하게 말하면 하나의 행동은 하나의 범죄에만 해당되며 그런 경우 무거운 처벌을 우선시한다 이거야."

노형진은 나름대로 설명하고는 왠지 뿌듯해졌다.

이 정도 설명하면 아무리 오광훈이라 해도 충분히 알아들을 거라 생각했기 때문이다.

그러나 다음 순간 의외로 오광훈의 날카로운 질문에 말문이 콱 막혔다.

"그런데 그거 안 되잖아? 가령 네가 말한 대로라면 그 뭐냐, 간첩 조작 사건, 그것 같은 경우는 국가보안법과 무고의 상상적경합이라는 거잖아? 그렇지? 그런데 그 새끼들은 무고로 처벌받지 않았어? 네가 말한 대로 상상적경합이 더 강한 처벌을 선택해야 하는 거라면 말이 안 되는데?"

그 말에 노형진은 쓰게 웃을 수밖에 없었다. 그 말이 사실이니까.

간첩 조작 사건에서 국가보안법상 간첩 사건을 조작하는 경우 그 벌을 그대로 받는 것으로 되어 있다.

국가보안법상에서 간첩으로 무고 날조를 한 경우 간첩과 같은 처벌을 받아야 한다는 거다.

그게 상상적경합에서는 맞는 말이다.

하지만 유명한 간첩 조작 사건을 일으킨 사람들 중에 제대로 처벌받은 사람은 단 한 명도 없었다.

실제 실형은 단 한 명만 나왔고 나머지는 죄다 벌금형.

그 사건을 조작하기 위해 동원되었던 검사나 판사는 전원 무죄.

"하아…… 그래, 그래서 상상적경합인가 보다. 머릿속에서만 이루어지는 정의지 현실에서는 이루어지지 않는 정의니까."

노형진은 그렇게 말하고는 쓰게 웃었다.

"그래, 오케이. 알겠어. 그건 알겠는데, 그럼 이 사건은 왜 살인이 아닌데?"

"살인이라. 심적으로는 살인이 맞지. 하지만 현행법상에서는 살인이 안 돼."

"아니, 그러니까 이것도 뭐 상상적 뭐시기? 그게 문제라며?"

"이번 사건 같은 경우는 더 복잡해. 피해자가 애초에 태어나지를 않은 상황이잖아."

오광훈도 이제 어느 정도 검사로서의 실력이 쌓였다.

그래서 어지간한 사건은 노형진에게 도움을 요청하지 않고 나름대로 잘 해결하고 있었다.

하지만 이번 사건만큼은 도무지 이해가 가지 않아서 노형진에게 가지고 온 상황이었다.

"그러니까 애초에 이 새끼가 사람을 죽이겠다고 공격한 게 맞고 실제로 사람이 죽기도 했잖아."

"아니, 그러니까 사람이 아니라니까."

"장난해? 왜 사람이 아니야?"

"음…… 일단은 태어나지 않았으니까. 물론 심적으로는 이해가 가. 하지만 현실적으로 배 속에 있는 태아를 사람으로 보는 경우에는 법적인 혼란이 장난이 아니라고."

사건의 내용은 이랬다.

결혼을 하지 않은 커플이 있었다.

남자 집은 제법 잘살았고 여자의 집은 가난했다.

그런데 남자는 여자를 단순히 노리개로만 봤고, 여자가 임신하자 아이를 지우라고 압박했다.

독실한 크리스천이었던 여자는 절대 못 지운다고 버텼다.

사실 이런 사건은 생각보다 많다.

매년 태어나는 수많은 미혼모의 아이가 대부분은 이런 과정을 거친다.

남자가 반대하지 않았다면 결혼해서 아이를 키울 테니까.

거기까지는 흔하게 있는 일이었는데, 그다음에 문제가 생겼다.

자기 집안의 돈을 노린다고 생각한 남자 집안에서 피해자를 공격한 것이다.

실제로 아이가 태어나면 양육비도 줘야 하고, 나중에 아이가 크면 재산 분할 등의 문제도 생길 테니까.

더군다나 혼외자가 있다는 사실은 결혼에도 상당한 악영향을 끼칠 게 당연한지라, 강제로라도 아이를 죽여 버리겠다고 한 것이었다.

"그래서 죽었잖아? 그럼 살인 아니야?"

물론 과거의 대룡처럼 누군가가 지켜 줘서 태어났다면 문제가 없었겠지만, 지킬 힘이 없었던 여자는 결국 공격당해서 아이가 죽고 말았다.

오광훈은 당장 살인으로 그쪽 집안을 처벌하려고 했지만 살인이 안 된다는 말에 다급하게 노형진에게 달려온 것이다.

"음…… 그러니까 이런 경우는 부동의 낙태죄와 폭행죄의 상상적경합인데 말이지, 부동의 낙태죄가 처벌이 강하니까 부동의 낙태죄로 처벌받는 게 맞겠지."

"애가 죽었는데?"

"애가 죽었다기에는, 애초에 살아 있었다고 볼 수가 없으니까."

오광훈의 얼굴에서는 슬슬 분노가 떠오르고 있었다.

하긴, 태어나 보지도 못한 아이가 공격당해 죽었는데, 그래서 사산을 했는데 살인이 아니라고 하니.

"이게 참 애매한데, 법리적으로 판단하려면 생각할 게 너무 많아서 그래. 솔직히 말하면 나도 그냥 다 때려치우고 살인죄로 엮어 버리면 참 편하지. 그런데 있잖아, 그렇게 배 속에 있는 아이까지 살아 있는 걸로 취급하면 복잡한 게 이만저만이 아니거든."

당장 대한민국의 음지에서 이루어지는 수많은 낙태에 관해 살인이 성립되기 때문에 그로 인한 처벌 문제도 심각하게 대두된다.

이론상 형법상에서는 아이가 태어나는 순간을 진통이 오는 때로 본다.

하지만 아이는 괴한의 공격으로 인해 배 속에서 죽었고, 괴한은 여자가 임신한 걸 몰랐다고 우기고 있다.

"하지만 그게 말이 되느냐고. 그 개새끼가 남자 쪽 부모한테서 청탁받은 게 확실해."

오광훈이 그렇게 확신하는 이유는 간단하다. 그가 우연히 공격한 게 아니기 때문이다.

그는 밤에 음침한 길을 가고 있던 피해자에게 다가가서 갑자기 넘어트리고는 집중적으로 배를 발로 걷어찼다.

누가 봐도 애를 죽이려고 한 행동이었다.

그리고 그 상황에서 다른 피해는 전혀 주지 않고 그대로 줄행랑을 쳤다.

"아무래도 폭행 치상을 뒤집어쓰고 싶지는 않겠지."

"그건 또 뭔 소리야?"

"만일 아이가 아니라 피해자가 다쳤다면 그건 폭행 치상이 성립되거든. 부동의 낙태죄는 3년 이하 징역이지만 폭행 치상은 7년 이하 징역이야. 사람의 심리라는 게 동정심을 유발하면 결국 거기에 대응해서 처벌을 강하게 하지 않겠어? 그러니 당연히 폭행 치상을 피하려고 피해 여성한테는 최대한 피해를 주지 않은 거야."

"태아는 사람이 아니라서 살인도 아니라면서? 그런데 폭행 치상이 안 된다고?"

"애석하게도 아직 태어나지 않아서 사람도 아니지만 동시에 엄마한테 속해 있는 신체도 아니니까."

해석할 수 있는 법 조항은 오로지 부동의 낙태죄뿐이다.

그리고 최고 3년 이상의 징역이라는 특성상 대부분의 경우 처벌은 2년 미만이 나올 테고, 충분한 돈을 공탁하거나 한다면 집행유예로 떨어질 게 뻔하다.

"그러면 결과적으로 공격한 그 새끼는 아무런 벌도 받지 않고 풀려나는 거네?"

"현실적으로 보면 그렇지."

"아니, 씨발! 그게 말이나 되느냐고! 애가 죽었다고! 그런데 그놈의 법률 놀음에 처벌받는 새끼가 없다는 게 말이 되는 거야?"

"후우…… 그게 문제이기는 하다."

노형진도 머리를 긁적거렸다.

사건의 중함이나 피해자의 정신적 충격을 봐서는 살인이나 그에 준하는 처벌을 받아야 한다.

하지만 법리적으로 본다면 아무리 노형진이 대단해도 살인이나 폭행 치상을 뒤집어씌울 수는 없었다.

'하긴, 상대방도 그걸 알고 공격한 걸 테지.'

"와, 씨발. 그냥 그 새끼 대가리에 총을 쏴 버릴까?"

발끈하는 오광훈에게 노형진은 눈을 찡그리며 말했다.

"그러지 마라. 그런다고 해서 뭐가 바뀌는 것도 아니고."

"아니, 그러면 이 새끼를 어떡하라고? 아, 맞다. 그 뭐냐,

민사로는 못 하냐, 민사?"

"가능하기는 하지. 민사적으로 보면 손해배상 권리가 태아부터 인정되기는 하니까…….".

그 말에 오광훈의 얼굴에 화색이 돌았다. 그러면 민사로 제대로 털어 낼 수 있을 거라 생각했으니까.

하지만 그다음 말에 얼굴이 잔뜩 일그러졌다.

"하지만 그건 애가 태어났을 때 성립된다는 조건인지라…….".

"그건 또 뭔 개소리야? 태아도 태어난 걸로 본다면서?"

"그러니까 소송할 일이 있으면 애가 태어난 걸로 봐서 먼저 소송하는 게 가능하다는 거야. 그런데 그 이후에 아이가 태어나지 못하면 그 소송 자체가 무효화되는 거지."

"죽었잖아?"

"그러니까 당연히 손해배상이나 상속권도 못 따지지."

"아니, 씨발. 장난하나?"

오광훈이 발끈하자 노형진은 고개를 절레절레 흔들었다.

"이해 못 하겠지? 뭐 어려운 법이기는 한데, 중요한 건 민법으로도 못 조진다는 거야."

"그러면? 배 속의 아이는 누가 공격해서 죽어도 그냥 그대로 끝이다?"

그 말에 노형진은 고개를 끄덕거렸다.

"확실히 그렇지."

그게 현행법의 한계다. 이론과 실전의 차이이고 말이다.

"법은 만능이 아니야. 한계가 명확해. 고치고 싶다고 해서 마음대로 고칠 수도 없는 노릇이고."

"씨발……."

오광훈은 노형진의 설명을 들으면서 분노를 감추지 못해 부들부들 떨었다.

그건 그의 잘못이 아니었다.

정상적인 사람이라면 당연히 그런 반응을 보일 테니까.

"아마도 사건이 진행되면 범인에게 변호사와 공탁금을 지원해 주는 조건을 걸었겠지."

물론 그 돈이 적지 않겠지만, 아이가 태어나서 상속을 가지고 다투는 것에 비하면 훨씬 적을 수밖에 없을 것이다.

"아니, 뭐 특별법이라도 만들면 안 되나?"

"그게 쉽겠냐? 아까도 말했지만 태아가 사람으로서의 권리능력을 가지게 되면 대한민국에서 살인 사건만 몇만 단위가 될 거다."

음지에서 벌어지는 수많은 낙태 사건이 모조리 살인으로 처벌받을 테니까.

"이건 법을 만드는 문제라기보다는 이론과 현실의 충돌이라고 봐야 하니까."

"아, 씨발. 그러면 어쩌라고? 이 새끼를 그냥 풀어 주라고?"

"어."

"뭐?"

"솔직히 말하면 이건 네가 어쩔 수 없는 문제야."

갑갑하고 환장할 노릇이지만 현실이 그렇다.

"이런 씨발……."

이를 뿌드득 가는 오광훈.

"하지만 그들이 쉽게 벗어날 수는 없지."

"풀어 주라면서?"

"네가 어쩔 수 없는 일이라고 했지, 내가 어쩔 수 없는 일이라고는 안 했다."

"민사로 어떻게 답이 안 보인다면서?"

"찾아봐야지."

노형진은 개인적인 복수를 하기로 했지만, 그건 쉬운 일이 아니었다.

⚖️

"깔끔하다 못해 먼지 하나 없네. 개새끼들."

노형진은 일단 이 사건의 주범과 그걸 의뢰했을 것이 분명한 남자 쪽 집안에 대해 파고들기로 하고, 무태식에게 함께 할 것을 요청했다.

이번 사건은 대상이 위험한지라 무태식 변호사같이 제대

로 싸울 만한 사람이 필요했기 때문이다.

당연하게도 노형진에게서 사건의 전말을 들은 무태식은 그런 놈에게는 복수를 해야 한다고 화내면서 기꺼이 수락했다.

주범은 왕수왕이라는 사람이었다.

하지만 조금만 조사해 봐도 멀쩡한 인간이 아니라는 건 알 수 있었다.

"왕수왕은 학교 폭력으로 여러 학교에서 잘리고 잘린 끝에 왕태고등학교를 졸업했습니다."

"왕태고등학교? 어디서 들어 본 것 같은데요?"

무태식의 설명을 듣던 노형진은 왕태고등학교라는 명칭에 고개를 갸웃했다.

사건 관련이었으면 기억날 만한데 말이다.

그러자 무태식이 시큰둥하게 말했다.

"그거 있잖아요, 〈찬스 싱어〉."

"그게 뭡니까?"

낯선 이름에 노형진은 되물었다.

그러자 무태식은 입맛을 다시며 말했다.

"그, 같이 나와서 노래 부르는 프로그램이 있지 않았습니까? 합창단 만드는 콘셉트요. 그거 시즌 3 때 나온 곳입니다."

"시즌 3? 아! 그 왕태고등학교!"

왕태고등학교. 시즌 3에 나와서 이슈가 되었던 학교였다.

잘해서? 아니다.

그러면 학교가 좋아서? 아니다.

왕태고등학교는 범죄자들의 끝판왕이라고 할 수 있는 고등학교였기 때문이다.

쉽게 말하면 범죄자의 산실 같은 곳이었다.

왕태고등학교는 각 학교에서 사고 치고 잘리고 잘려서 어느 곳에서도 받아 주지 않는 학생들을 받아 주는 최후의 보루 같은 곳이었다.

당연히 해당 학교에는 정상적인 학생이 단 한 명도 없었다.

정상적인 학생이라면 하루도 지나지 않아 두들겨 맞고 팬티까지 빼앗겨 버리는 곳이니까.

그나마 잘리고 검정고시로 고등학교 졸업장을 따는 놈들은 양반이다.

그곳은 검정고시를 보지 못할 정도로 지능지수가 떨어지는 놈들이 모이는 곳이다.

검정고시라고 무시하지만, 아무리 쉽게 출제한다고 해도 검정고시는 최소한의 학력을 객관적으로 증명해야 한다.

하지만 왕태고등학교는 일단 고등학교이기에 객관적으로 실력을 검증하지 않아도 졸업장은 딴다.

쉽게 말해서 뭔 짓을 해도 졸업장은 주는 곳이다.

"기억이 나네요. 그걸로 사실상 그 프로그램 망했었죠?"

"맞아요. 거기 출연시킨 놈들은 뭔 생각이었는지."

방송 출연 중에도 사람을 패서 병신 만든 걸 자랑스럽게 이야기하고 피해자들을 모욕하던 그들이, 노래 하나 부른다고 해서 갑자기 개과천선할 리는 없다.

그럼에도 불구하고 방송국은 사회가 그런 애들을 보듬어 줘야 한다는 둥 사회가 아이를 이렇게 만들었다는 둥 필사적으로 가해자들을 편들어 줬고, 결국 잘나가던 〈찬스 싱어〉는 왕태고등학교의 출연 이후로 인기가 떨어져서 폐지 수순을 밟게 된다.

"거기 출신이면 답이 없는 건데."

어떤 면에서는 소년원 출신보다 훨씬 문제가 많은 것이 그곳 출신이다. 최소한 소년원은 자기 죗값의 일부라도 갚고 나오지만 거기는 그런 것도 아니니까.

"네, 거기에서 나와서 범동방파라는 곳에서 활동했습니다. 지역 내에서 깡패로 유명하다고 하더군요."

"범동방파요? 거기 와해된 거 아니었나요?"

전국구 범죄 조직이었던 범동방파는 경찰의 지속적인 수사와 계속되는 체포 작전에 결국 완전히 사라졌었다.

그런데 뜬금없이 범동방파라니?

"진짜 범동방파는 아닙니다. 조직원이 한 열 명 정도 되는데 자기들끼리 그렇게 호칭하고 다닌다고 하더군요."

"미친 새끼들."

노형진은 그 말에 혀를 끌끌 찼다. 아직도 대가리 속에 똥만 찬 놈들인 게 분명했다.

"하여간 그러다가 어디를 통해 받았는지는 모르겠습니다만, 의뢰를 받고 공격한 듯합니다."

"그 의뢰인은 찾았습니까? 저는 박운방일 거라고 생각합니다만."

"관련 증거는 없습니다. 아무래도 조용히 접근해서 현금을 지급했다면 확실하게 추적이 불가능하지요. 하지만 의뢰자체는 분명히 있었을 거라고 생각합니다. 얼마 전에 법원에 공탁금을 걸었다고 하더군요."

"공탁금요?"

"네, 2억을 걸었다고 합니다."

"적은 돈이 아닌데요?"

무려 2억. 사실 이런 경우에 민사소송으로 손해배상을 청구해도 2억은커녕 1억도 안 나온다.

그런데 공탁금으로 2억을 걸어 놨다?

그 말은 사실상 그게 합의금이라는 건데.

"그쪽 집에서 준 거겠지요."

무태식은 단순하게 생각했다. 그리고 그게 사실일 거다.

"하긴, 박운방의 집안을 생각하면 그리 큰돈은 아니니까요."

박운방의 집안은 서울에도 몇 채의 빌딩을 가지고 있고, 2억이라고 해 봤자 그중 하나에서 나오는 월세도 안 되는 수준이다.

그러니 그 정도 돈을 내고 나중에 골칫덩어리가 될 아이를 죽일 수 있다면 기꺼이 그리할 인간들이었다.

"변호사가 사범태 변호사였지요?"

"네, 맞습니다."

사범태는 2년 전만 해도 서울중앙지방법원 부장판사로 있다가 올해 변호사로 새롭게 나선 사람이다.

원래 판사에서 물러난 후에 1년 동안은 변호사로서 활동하지 못하게 되어 있다.

쉽게 말해서 전관예우를 막겠다는 건데, 현실적으로 효과가 없다. 어차피 1년이 지나도 대부분의 후임들은 자기 자리에 다 있으니까.

하여간 그렇게 1년이 지나고 2년째인 지금이 한창 전관으로서 파워가 강할 시기다.

"왕수왕이 그런 사람에게 사건을 맡길 정도로 재산이 있나요?"

"아니요. 없습니다. 애초에 그 정도 재산이 있었다면 왕태고등학교에 가지도 않았겠지요."

법에서 정한 수임료가 있기는 하지만 전관을 고용하기 위해서는 그보다 더 많은 돈을 줘야 한다.

특히나 이번 사건처럼 전관의 영향이 큰 사건을 커버하기 위해서는 전관에게 별도의 돈을 줘야 하는데, 그 돈은 못해도 5천만 원 이상, 어쩌면 1억 이상 줘야 할지도 모른다.

그나마 부장판사급이라서 이 정도지 대법관 출신쯤 되면 못해도 5억은 줘야 가능하다.

"무죄를 노리는 걸까요?"

무태식은 걱정스럽게 말했지만 노형진은 다르게 생각했다.

"아닐 겁니다. 무죄를 노린다면 공탁금을 걸지 않았겠지요. 그리고 진짜로 무죄가 나오면 다른 범인을 찾는다는 부분이 머리가 아파지니까요."

"하긴, 박운방이 그러기를 원하지는 않겠네요."

깔끔하게 돈으로 모든 걸 처리하려고 하는 게 그들의 성향이니까.

"아마 집행유예를 노리는 걸 겁니다. 현 상황에서는 그럴 가능성이 아주 높구요."

전관예우를 받는 부장판사급의 변호사에, 일반적인 손해배상금을 아득하게 넘는 2억이라는 공탁금을 걸고, 죄를 부정하지 않고 뉘우친다고 계속 반성한다?

"이런 경우는 대부분 집행유예로 끝날 겁니다."

현실적으로 한국에서는 강제 낙태에 대한 처벌이 강하지 않기 때문에 어쩔 수 없는 현실이다.

"오 검사가 화낼 만하네요. 그러면 이런 경우는 어떻게 해야 할지 모르겠군요."

"일단은……."

노형진은 고민하다가 말했다.

"피해자를 집에서 끌어내야 하지 않을까 싶네요."

"피해자를 집에서 끌어내야 한다고요?"

"네. 최악의 상황이기는 하지만, 돈이라는 건 때때로 아주 무서운 법이니까요."

노형진은 쓰게 웃으며 말했다.

"일단 피해자를 집에서 빼낸 후에 다음 이야기를 진행하지요."

⚖

노형진이 피해자를 먼저 집에서 끌어내자고 한 이유는 그녀의 집안 사정 때문이었다.

그녀는 아이를 잃어버린 엄마다.

그래서 그 원한과 고통이 이루 말할 수 없이 클 수밖에 없다.

"부모님들은 뭐라고 하시던가요?"

"저희 부모님은……."

피해자인 손아령은 말하려다 말고 입을 꾸욱 다물었다.

'그렇겠지.'

노형진이 예상한 대로였다.

'합의를 받아들이자, 그게 부모님의 입장이겠지.'

현실적으로 본다면 그게 옳다.

당장 손아령의 경우는 아이가 배 속에서 죽은 만큼 충격이 크고 분노할 일이지만, 그녀의 분노와는 별개로 그녀의 부모는 죽어 버린 태아에게 그다지 애정이 갈 리가 없다.

배 속에 있었던 아이인지라 자신들이 본 것도 아니거니와, 애초에 제대로 결혼해서 가진 아이도 아니니 그녀만큼 충격이 크지는 않을 테니까.

슬픈 일이기는 하지만 또 역으로 부모 입장에서는 그 배 속의 아이가 죽은 것을 다행이라고 생각할 수도 있는 일이었다.

아직 어린 손아령이 아이를 낳게 되면 평생 아이에게 묶인다고 생각할 테니까.

'현실적으로 본다면 부모들은 그냥 합의금을 받아 내고 잊어버리자고 하는 게 일반적이겠지.'

엄밀하게 말하면 그게 그녀를 위해서도 도움이 되는 것이 사실이다. 이성적으로만 보면 말이다.

하지만 이성적인 판단과 감성적인 분노가 언제나 같은 결말에 다다를 수는 없는 노릇.

"합의를 받아들이고 싶으십니까?"

"아니요. 절대요."

"설사 합의를 받아들이지 않으신다고 해도 집행유예는 확정적이라고 보셔야 합니다. 손해배상을 청구한다고 해도 2억은커녕 그 절반인 1억도 안 나올 겁니다. 아마 잘해 봐야 3천만 원 정도 나올 가능성이 큽니다."

노형진은 거짓말하지 않기로 했다.

이건 개인적인 문제다. 자신이 거짓말해서 수임할 이유는 없다.

"복수할 방법이 없는 건가요, 우리 아기가 죽었는데?"

"검사에게 이야기 들었지요? 이 경우는 법의 한계가 명확합니다. 원하는 복수를 못 하게 될 가능성이 높습니다."

유전 무죄 무전 유죄가 지금처럼 딱 맞아떨어지는 경우가 어디 있을까?

"상관없어요. 아이 목숨값으로 그 돈을 받고 살아가느니 차라리 박운방을 죽이고 감옥에 가겠어요."

"불가능합니다."

"불가능하지는 않지요."

그녀는 쓰게 웃으며 뭔가를 꺼내 들었다.

그걸 본 노형진은 살짝 떨었다.

"안 된다면 이 방법을 쓰는 수밖에요."

"그건…… 대형 트럭 운전면허 시험지 아닙니까?"

"네."

"설마……."

노형진은 손아령이 무슨 생각을 하는지 바로 알아차렸다.

자신이 당했던 일이니까.

대형 트럭에 화물을 실은 채로 움직이면 그 자체가 어마어마한 중량을 가진 무기가 된다.

노형진도 그런 트럭에 공격당한 적이 있다.

그나마 그가 살아남은 것은 타고 있던 차량이 안전에 관해서는 엄청나게 신경을 쓰는 최고급 스포츠카였던 데다, 상대방이 밀어붙이면서 건물 안으로 밀려들어 가서 충격이 감소된 덕분이다. 운전자가 처벌을 면하기 위해 한 번 들이받고 그대로 줄행랑친 것도 있고.

하지만 손아령의 눈빛을 보아하니 분노가 이글거리는 게, 살기 위해 도망칠 생각은 조금도 없어 보였다.

물론 차량을 구하는 건 어려운 일일 수도 있다.

하지만 구하려고 한다면 또 못 구할 것도 없다.

"그런 생각은 하지 마셨으면 좋겠습니다만. 크리스천이라고 하지 않으셨습니까?"

"신은 버렸습니다, 제 아이가 죽었을 때부터."

하긴, 자식을 잃은 부모에게 신이 무슨 의미가 있겠는가?

"물론 이건 최후의 수단이에요."

'심각하군. 이런 타입은 절대 포기 안 하는데.'

차라리 극도로 화를 내거나 미쳐서 날뛰면, 그 순간만 지나면 그래도 그나마 억누르면서 살아간다.

하지만 이렇게 냉철한 타입의 사람은 계속해서 속으로 분노를 곱씹는다.

그렇게 그 분노를 키우고 키워서, 실수하지 않도록 한 번의 기회를 노려서 제대로 들이받아 버릴 거다.

당장 아이가 죽은 지 얼마 지나지도 않았는데 대형 운전면허를 딴 걸 봐서는 그녀는 흥분에 쉽사리 몸을 맡기는 사람은 아닌 게 분명했다.

"최후의 수단입니다. 하지만 답이 없다면 해야지요."

담담하게 말하는 그녀를 보며 노형진은 한참을 침묵을 지켰다.

'형사적으로는 답이 없다. 그렇다면 민사적으로는? 그것도 답이 없어, 현재로서는.'

자신이 아무리 노력해도 이런 경우에 나올 만한 손해배상 금액은 1억 정도다.

대한민국 법원에서는 심적인 고통을 거의 인정하지 않으니까.

더군다나 그 사건으로 인해 손아령이 임신을 못 하게 된 것도 아니다.

신체가 아예 쓸 수 없게 된 게 아니라면 재판부는 손해배상을 극도로 적게 제한하는 것이 현실이다.

'흠……'

노형진은 한참을 고민하다가 조심스럽게 물었다.

"그러면 시간은 상관없습니까?"

"시간요?"

"네. 시간이 아주 오래 걸릴지도 모릅니다."

노형진의 말에 손아령은 차분하게 말했다.

"군자의 복수는 10년도 이르다 했습니다. 포기하고 물러나시지만 않는다면 저는 얼마든지 기다릴 수는 있습니다. 다만······."

손아령은 말하다 말고 노형진을 물끄러미 바라봤다.

"다른 변호사들처럼 이야기하지 않으신다면요."

"다른 변호사들?"

"오 검사님의 말씀을 듣고 다른 변호사들을 찾아다녔어요······. 똑같은 말을 하더군요. 방법이 없다, 그 돈을 받고 합의하는 게 최선이다. 하지만 제가 원하는 건 복수입니다. 다른 건 안 바라요. 돈? 그런 게 무슨 의미가 있죠? 내가 내 자식 목숨값으로 배에 기름을 채운다고 해서 행복할 거라고 생각하세요?"

그 말에 노형진은 아무런 말도 하지 못했다.

임신 초기도 아니고 무려 8개월 차였다.

아이는 배 속에서 죽어서 나왔고, 손아령은 그 모습을 두 눈으로 똑똑히 봤다.

죽어서 태어난 자신의 아이의 모습을 봤을 때 그녀는 어떤 기분이었을까?

독실하다던 크리스천이 신을 버리기까지, 얼마나 마음을 독하게 먹었을까?

"알겠습니다. 그러면 시간이 좀 걸리더라도 다른 방법을 쓰지요."

"방법이 있다는 말씀이군요."

"징벌적 손해배상이라는 거 아십니까?"

"징벌적 손해배상?"

"네. 한국에는 없지만 영미법계에는 있는 법입니다. 간단하게 표현하자면 고의적으로 범죄를 저지른 사람의 악의성이 아주 강한 경우 형사처벌의 여부와 상관없이 민사적으로 어마어마한 손해배상을 청구하는 법입니다."

"돈은 필요 없습니다. 제가 원하는 건 복수입니다. 그 징벌적 손해배상이 얼마나 나올지 모르지만 그게 제 아이의 목숨값은 되지 못해요. 그리고 저들에게 돈을 조금 더 받아 내는 게 무슨 의미가 있다는 거죠?"

그녀는 단호하게 말했다, 돈은 필요 없다고.

하지만 노형진은 다르게 생각했다.

물론 돈을 받고 복수를 포기하라는 것은 아니었다.

"돈을 받고 그들을 용서하라는 게 아닙니다. 빼앗은 돈으로 복수하라는 거지요."

"돈을 빼앗아서 그걸로 복수하라고요?"

"네. 그들이 지금 손아령 씨에게 이런 행동을 할 수 있는 이유가 뭡니까? 돈이 있기 때문입니다. 아닌가요?"

그 말에 손아령은 고개를 끄덕거렸다.

확실히 그 말이 맞으니까.

돈이 있으니 이런 짓을 해도 누구도 건드리지 못하는 거다.

"하지만 그 돈을 빼앗아 봤자 얼마나 많이 빼앗겠어요?"

"그게 문제입니다. 하지만 기본적으로 미국에서는 징벌적 손해배상이 인정되는 경우 상대방이 어마어마한 타격을 입을 정도로 선고를 내립니다."

"어마어마한 타격?"

"네. 기업으로 치면 거의 몇 년 치 순이익을 그대로 털릴 정도죠. 실제로 그걸 내지 못해서 쓰러지는 기업이 있을 정도고요."

당연하게도 배상을 한 기업들은 자연스럽게 도태될 수밖에 없다.

단순히 돈이 없어서가 아니다.

이익이 없으면 미래에 대한 투자를 할 수가 없고, 미래에 대한 투자를 하지 못하면 다른 경쟁 기업에 비해 도태되는 건 어찌 보면 당연한 일이니까.

"당장 두한을 보세요. 미국에서 받은 징벌적 손해배상으로 그들은 대기업에서 중견 기업으로 떨어졌습니다. 그나마도 이익을 거의 내지 못하고 있고요."

물론 모든 범죄에 대해 그렇게 어마어마한 징벌적 손해배상이 나오는 것은 아니다.

하지만 두한의 경우는 방사능이라는 심각한 문제를 알고 있으면서도 단가를 아끼기 위해 고의적으로 사용했고, 그 피해자가 수십만 단위가 되었기 때문에 상상도 못 할 정도의 징벌적 손해배상을 하게 된 것이다.

"한국에서도 그게 가능한가요?"

"아니요. 대한민국의 현행법은 징벌적 배상 제도를 인정하지 않고 있습니다."

징벌적 배상 제도의 핵심적인 개념은 고의적으로 불성실을 하거나 불법적인 일을 하는 경우 그로 인해 망할 수도 있으니 하지 말라는 것이다.

실제로 미국에서는 별의별 문제를 가지고 소송하는데, 현실적으로 그로 인해 소송 천국이라는 오명을 뒤집어쓰기도 하지만 동시에 그만큼 기업들이 국민들을 두려워하게 만들기도 한다.

물론 그런 미국이라고 해도 징벌적 배상이 나오는 건 아주 이례적인 경우지만, 그것만으로도 한국처럼 국민을 아예 병신으로 보지는 못한다.

'한국도 나중에 자칭 징벌적 배상을 도입하기는 하지만 뭐, 반쪽도 못 되는 가짜지.'

한국에서는 기업을 대상으로 나중에 징벌적 배상 제도를 도입하기는 한다.

그런데 이게 반쪽짜리 취급을 받은 이유는 미국처럼 어마어마한 처벌이 떨어지지는 않기 때문이다.

미국은 한 기업이 휘청거릴 정도이거나 개인이라면 파산을 피하지 못할 정도로 확실하게 처벌하는 개념이지만, 한국에서 나중에 만든 징벌적 배상은 배상금의 세 배 정도가 한계다.

가령 차량 설계 오류로 일가족이 죽어서 배상금이 5억이 나온다면? 세 배라고 해 봐야 15억이다.

차량 설계 오류라는 심각한 문제로 사람이 죽었는데 고작 15억.

그런데 더 큰 문제는 증명 책임이 피해자에게 있다는 거다.

당장 대한민국 재판부에서는 엔진 결함이 빤히 보여도 인정하지 않고 너희들이 증명하라고 해서 전문가를 불러다 증명해도 인정하지 않는 상황인데, 징벌적 손해배상 여부를 판단해야 하는 상황에서 과연 순순히 인정해 줄까?

대표적인 눈 가리고 아웅식 사례가 바로 레몬법이다.

정식 명칭은 매그너슨-모스 보증법이라고 하는데, 영미권에서는 결함이 있는 차량이나 불량품을 레몬이라고 불러서 레몬법이라고 한다.

이 법에 의하면 전자 제품이나 차량 등에 문제가 있는 경우 소비자에게 교환, 환불, 보상해야 한다.

한국에서도 이 레몬법을 시행하기는 했다.

그런데 문제는, 이 법에 강제성이 없다는 것이었다.

즉, 제조사가 그걸 따르지 않겠다고 하면 끝이다.

그렇게 눈 가리고 아웅으로 법을 만들었는데 징벌적 손해배상법이 정상적으로 굴러갈 리가 없다.

원래 징벌적 손해배상 없이 배상금이 1억이라면 3억이 되어야 정상이겠지만, 재판부에서 회사의 로비를 받으면 기본을 5천으로 잡고 세 배인 1억 5천으로 5천만 원만 더 주면 되도록 판결을 내리는 거다.

그리고 다른 문제는, 이 징벌적 손해배상의 경우는 지속적인 배상 책임이 없다는 거다.

가령 제품 설계 오류 등으로 인해 누군가에게 사고가 나서 세 배의 징벌적 손해배상을 한다면, 사람들의 상식으로는 증상으로 피해를 본 모든 사람들에게 배상해 줘야 하지만 현실은 그렇지 않다.

똑같은 차량, 똑같은 이상 현상이 나온다고 해도 결국은 또 저마다 증명해야 한다.

그걸 받아들여 줄지는 각 재판부의 선택이다.

어찌어찌해서 받아들여졌다고 해도 문제인 게, 이미 징벌적 손해배상은 한차례 이루어진 후다.

당연히 회사에서는 그걸 고치거나 해결하기 위한 시간이 필요하다고 할 테고 같은 증상, 같은 사고라고 할지라도 징벌적 손해배상의 대상이 되지 않는다.

그리고 거기에 한 가지 더 함정이 있는데, 첫 번째 징벌적 손해배상에서 세 배를 적용하여 1억 5천만 원을 지급했다는 것을 주장하면 재판부의 관점에서는 이번에는 그 3분의 1인 5천만 원만 주면 된다는 논리가 성립되기 때문에 결과적으로는 기업에서 징벌적 배상으로 한번 퉁쳐 놓으면 그 이후로 배상액이 확 줄어드는 효과를 볼 수 있다.

"한국에서는 수십 년 동안 기업과 범죄자가 로비를 통해 징벌적 손해배상을 하지 못하도록 막아 두고 있습니다. 그게 현실이고, 그걸 뒤집지 못했지요."

노형진이 아무리 노력했어도 기업에서 필사적으로 막는 것을 뒤집는 건 절대 쉬운 일이 아니었다.

그중에서도 징벌적 손해배상은 기업이나 범죄자가 최대한 막고 싶어 하는 법이다.

그게 통과되면 고의적으로 범죄를 저질러서 잘 먹고 잘산다거나 원가절감을 이유로 안전장치를 빼 버리거나 할 수는 없으니까.

당장 사람들이 산업재해로 어마어마하게 죽는 이유 자체는 간단하다. 안전장치를 설치하는 데 수십억의 비용을 들이느니 사고로 죽는 사람에게 수억 주고 마는 게 더 이득이기 때문이다.

더군다나 산업 같은 경우는 다 산업재해 보험에 포함되기 있기 때문에 기업의 규모를 생각하면 기업의 입장에서는 피해자에게 주는 돈이 사실상 거의 없다고 봐도 무방하다.

실제로도 대한민국에서 자동차 관련 손해배상법인 '레몬법'이 생긴 후에도 그걸로 배상받은 사람은 단 한 명뿐이었다.

그마저도 수차례의 동일 문제가 생기고 소송까지 가서야 적용받을 수 있었다.

애초에 고의적이라는 부분이 증명되어야 하는데 개인이 어떻게 기업의 고의성을 증명한단 말인가?

'하지만 이게 기회일지도 모르지.'

그렇게 어설프게 만들어진 징벌적 손해배상이 아니라 제대로 만들어진, 그래서 기업이나 부자가 돈으로 죄를 덮을 수 없게 할 법을 만들 기회라고 노형진은 생각했다.

"그런데 징벌적 손해배상을 하라는 것은 무슨 말씀이세요?"

"징벌적 손해배상은 지금 한국에 없습니다. 하지만 적당한 핑계와 원인을 제공한다면 그런 법을 만들지 말라는 법도 없지요."

"그 핑계가 저라는 건가요?"

"솔직히 말하면 '네.'라고 할 수 있겠네요. 과거에 모 범죄

자가 인질극을 벌이면서 한 말이 있습니다. 유전 무죄 무전
유죄. 그 범죄자가 누명을 쓴 건 아니지만 그렇다고 해서 그
말이 틀린 것은 아닙니다. 사실 유전 무죄 무전 유죄는 한국
의 법을 관통하는 하나의 정신 같은 거니까요."

웃기지만 그게 현실이다.

대한민국이 건국된 이래로 단 한 번도 법은 공정한 적이
없었고, 돈이 있는 자에게 언제나 유리했다.

"손아령 씨의 사건에는 그러한 대한민국 법의 현실의 핵심
이 녹아 있습니다."

자신들의 편안한 미래를 위해 배 속의 아이를 죽였다.

그런데 현실은, 그들이 처벌받기는커녕 공탁금과 전관의
힘으로 가해자의 기소유예가 거의 확실시되고 있다.

"그리고 솔직히 말한다면 제가 해 드릴 수 있는 건 그게
거의 유일합니다. 저는 변호사입니다. 사회적인 능력이 되기
는 하지요. 하지만 지금의 법적 한계를 초월하지는 못합니
다."

그 말에 손아령은 한참을 입을 열지 못한 채 노형진을 가
만히 바라봤다.

어떻게 보면 손아령을 이용하는 것일 수도 있지만, 노형진
은 직감적으로 이번 사건이 대한민국에 징벌적 손해배상을
청구할 수 있는 기회라고 느꼈다.

'미래에 만들어진 어설픈 징벌적 손해배상이 아니라 제대

로 된, 그래서 기업이나 언론에 강력한 압박이 되는 그런 형태로 말이지.'

노형진이 그녀의 시선을 피하지 않고 한참을 마주 보자 마침내 손아령이 담담하게 입을 열었다.

"시간이 오래 걸리겠지요?"

"그럴 겁니다."

"하지만 복수는 할 수 있나요?"

"가능할 겁니다. 다만 형사적 복수는 불가능하겠지만요."

형사적 복수를 한다는 것은 불가능하다.

형사법이 바뀐다 해도 이미 사건이 벌어진 후이기에 그 법이 적용되지 않기 때문이다.

즉, 이제 와서 형사사건에 대한 법조를 고친다고 한들 이미 벌어진 사건에 대해서는 과거의 법조문이 적용된다는 거다.

부동의 낙태를 살인에 준해서 무기징역으로 고친다 한들, 결국 왕수왕은 현재 법에 따라 3년 이하 징역, 그나마도 집행유예가 확실하다고 봐야 한다.

"하지만 민법은 다릅니다."

민법은 그 사건 기준으로 판결하는 게 아니라 소송이 시작된 기점으로 판결한다.

그렇기 때문에 손해배상 소송을 징벌적 손해배상이 통과된 기점을 기준으로 재판할 수 있다면 충분히 징벌적 손해배상을 할 수 있는 일이었다.

"물론 제한이 없는 건 아닙니다."

손해배상의 소멸 기한은 사건이 있던 날로부터 3년, 그리고 가해자를 안 날로부터 10년이다.

"물론 이 정도 시간이면 충분히 뒤집을 수 있습니다."

"3년 안에 박운방이 범인이라는 걸 알아내는 게 쉬운 일인가요?"

"민사적으로 3년이라는 제한 시간은 왕수왕에 대한 것뿐입니다."

"네?"

"3년에 해당하는 건 왕수왕이니까요. 당연히 그 이후에 박운방의 죄를 증명할 수 있다면 3년간 새로운 소송이 가능합니다."

사건을 저지르고 도망간 것은 왕수왕이다.

그리고 박운방은 그 배후에 있다.

"우리가 그가 범인이라고 추정하는 것과, 그가 진짜 범인이라고 확정되는 것은 전혀 다른 말이지요."

그래서 엄밀하게 말하면 10년간은 그 소송을 할 수 있다. 하지만 노형진은 그렇게 길게 갈 생각이 없었다.

"다만 그 과정에서 손아령 씨의 얼굴과 모든 것이 드러날 겁니다."

그 말에 손아령은 차갑게 말했다.

"저는 이미 그날 죽었어요."

그녀의 얼굴에서는 분노도 슬픔도 느껴지지 않았다.

그저 이미 결정을 내린 자의 단호한 표정이었다.

"죽은 사람이 얼굴 좀 팔린다고 해서 바뀔 건 없지요."

"알겠습니다. 그러면 이 부분에 대해서는 제가 책임지고 키우겠습니다. 다만 안전을 위해서라도 댁에서는 나오셔야 할 겁니다."

물론 손아령의 부모를 못 믿는 건 아니다.

그들이 손아령에게 합의를 종용했다지만 그건 돈을 원해서라기보다는, 그게 현실적으로 손아령의 미래에 더 도움이 되기 때문이다.

"하지만 사건이 커지기 시작하면 그분들이 가지게 될 부담감도 커질 겁니다. 결정적으로 박운방이 무슨 짓을 할지도 모르고요."

노형진은 조용히 말을 이었다.

"현실적으로 박운방이 살인을 했다는 것은 아셔야 합니다. 자식을 죽인 인간이지요. 이미 한 번 했는데 두 번을 못하리라는 법은 없습니다."

"그렇다면 제가 어떻게 하면 되나요?"

"그들이 모르는 곳에 저희가 안전한 숙소를 확보해 두겠습니다. 그곳에서 지내시면 제가 사건이 정리되는 대로 모시고 오겠습니다."

"뭘 하시려는 거죠?"

"왕수왕이 진실을 말하게 해야지요."

지금부터 제대로 싸울 시간이었다.

돈 그 이상의 무언가

"왕수왕이 이 사건에서 자신이 박운방에게 고용되었다는 걸 인정하도록 해야 합니다. 일단은 그게 우선입니다."

왕수왕은 현재 자신의 단독 범죄라고 주장하고 있다.

실제로 그날 사건을 보면 왕수왕이 길을 가던 손아령을 뒤에서 기습해, 머리채를 붙잡고 뒤로 확 넘어트려서 배가 드러나게 한 후 발로 가차 없이 뻥뻥 찼다고 한다.

"그리고 그날 증언에 따르면 신고 있던 신발이 구형 군용 워커라고 하더군요."

군대에서 하는 말 중에 군화를 신고 있으면 태권도 단증이 하나 추가된 것이라는 말이 있다. 그만큼 군용 신발은 무게 감이 있고 단단해서 타격을 가할 때 유리하기 때문이다.

하물며 신형 군화도 그 정도로 강력한데, 왕수왕이 신고 있던 군화는 소위 봉합식 전투화, 그것도 신형도 아닌 구형 봉합식 전투화라는 물건이다.

통째로 가죽으로 되어 있으면 외부의 물은 잘 들어오는데 내부의 물은 죽어도 안 나가며, 신발이라면 당연히 되어야 하는 최소한의 충격 흡수도 불가능해서 병사들에게 봉와직염과 무좀을 선물했던 놈이 바로 이 구형 봉합식 전투화였다.

"도대체 이런 물건을 어디서 구했답니까? 내가 어이가 없어서. 이건 애초에 그 녀석이 초등학교 다닐 때나 있던 물건일 것 같은데요."

군용 전투화는 계속 변해 왔다.

그리고 이번에 왕수왕이 공격에 쓴 물건은 더 이상 군 내부에서는 쓰이지 않는 물건이다.

군대에서는 저런 봉합식 전투화가 신형으로 교체되었다가 이후에 사출화를 거쳐 군납 비리로 납품 업체가 결국 바뀌어서 기능성 전투화로 바뀌었기 때문이다.

"뭐, 그래도 구형 전투화를 아예 안 파는 건 아닌 모양이더군요. 인터넷에서야 뭐, 찾아보면 탱크랑 전투기도 판다던데."

"뭐, 그것도 틀린 말은 아니네요."

실제로 전시용이기는 하지만 탱크와 전투기도 인터넷에서

거래되기는 하고, 다크웹을 찾아보면 분명 사용 가능한 놈들
이 나올지도 모른다.

당장 노형진도 잠수함을 구입해서 한번 써먹지 않았던가?

"그래도 상당히 많이 준비했네요."

신어 본 사람들은 알지만 구형 봉합식 전투화는 무식하게
무겁고 또 무식하게 단단하다.

군용 신발에 신소재를 적용해서 가격을 올릴 수 없다 보니
국방부에서 무조건 단단하게만 만들게 해서, 그걸 신고 격투
하다 보면 발에 망치 하나 달아 둔 거라고 봐도 무방할 정도
였다.

그런데 그런 신발을 신고 임부의 배를 사력을 다해서 걷어
찼으니 아이가 배 속에서 죽지 않을 수가 없었던 것이다.

"하지만 왕수왕 그놈은 그게 패션이라고 우기고 있다는
데."

"지랄하고 있네요."

물론 패션이라고 할 수도 있다.

하지만 시중에 워커라고 찾아보면 비슷하게 생긴 가벼운
신발들이 넘쳐 난다. 그런데 굳이 굳이 위협적이고 파괴력이
강한 구형 전투화를 찾아서 신는다?

사실 그걸 새걸로 찾는 건 애초에 불가능하다시피 하다.

그러니까 중고로 사서 신고 범죄를 저질렀다는 거다.

"공격한 원인은 뭐랍니까?"

"그냥 길을 가다가 임산부가 가는 걸 보고 결혼도 못 한 자기 처지가 억울해서 야마 돌았다는데, 야마가 뭡니까?"

"야마요? 그게 뭐죠?"

노형진도 무태식도 야마라는 말이 뭔지 몰라 어리둥절할 수밖에 없었다.

"일종의 마약 아닐까요?"

"하지만 약물검사에서는 멀쩡하다고 나왔다는데. 신형 마약일까요? 소문을 들은 적이 없는데."

두 사람이 걱정스럽게 말하자 그중에서 그나마 나이가 좀 있는 고문학이 쓰게 웃으며 말했다.

"야마란 일본어로 산을 뜻합니다."

"그거랑 이번 사태가 무슨 관계죠?"

"단어 자체는 관련이 없지요. 한국에 와서 상당히 의미가 변질된 거거든요. '야마 돈다.'는 질 안 좋은 놈들이 쓰는 말입니다. 옛날에 많이들 썼는데 지금도 쓰는 놈이 있을 줄은 몰랐네요. 하여간 일종의 계층 언어라고 보시면 됩니다. 질이 안 좋은 놈들이 쓰는 속어 같은 거죠. 굳이 번역한다면 빡돈다? 아니면 화가 난다 등이 되겠네요."

"화나는 거랑 산이 무슨 관계가 있다고요?"

"한국어에도 그런 말이 있지 않습니까? 뚜껑이 열린다거나 머리에서 김이 난다거나. 쉽게 말해서 꼭대기라는 건데, 산도 높은 데 있는 거니까요. 뭐 그런 거 아닐까요? 사실은 옛날 질 안 좋은 깡패 새끼들이나 쓰던 단어라 어원 같은 건 저도 잘 모릅니다. 그나저나 거의 사라진 말인데 용케도 쓰네요."

"뭔 별……."

노형진은 그 말에 혀를 끌끌 찼다.

얼마나 무식한 놈이기에 이런 공식 진술서에 '야마 돈다.'라는 속어를 쓸까?

"그게 끝?"

"네, 그게 끝이랍니다."

"그리고 그 이후에 억 단위로 돈을 가져다 맡기고?"

"네."

"부모에게 연락은 된 겁니까?"

"부모는 내놓은 자식이고 이제 성인이니까 신경 쓰지 않겠다고 했다고 합니다."

"하긴, 그런 놈이라면 뭐……."

대한민국 최고의 막장 학교에서 간신히 졸업장을 따고 나올 정도면 부모도 거의 포기했다고 봐도 될 테니까.

"거기에 있었던 이유는요?"

"그건 없네요. 경찰이 조사하지 않은 모양입니다."

"경찰 놈들이 일을 너무 쉽게 하려고 하는군요."

무태식은 짜증스럽게 말했다.

사건을 조사할 때는 하나하나 조심해서 파고들어야 한다.

그런데 왕수왕이 자신의 주소지도 아닌 지역에서 왜 얼쩡거리고 있었는지 확인도 안 해 봤단다.

"뭐, 뻔하지요. 딱히 도주하려고 하거나 잘못을 뉘우치려고 하거나 죄를 부정하려는 모습도 보이지 않으니까요."

사실상 왕수왕은 자수한 것이다.

사고를 치고 실제로 하혈이 시작되자 직접 신고해서 경찰은 물론 심지어 구급차까지 불렀다.

"거기에 2억이나 되는 공탁금에, 부장판사 출신의 전관 변호사까지 붙었다는 건 사실상 집행유예가 확정이라는 건데."

노형진은 사건 기록을 보다가 살짝 눈을 찡그리면서 무태식에게 물었다.

"무 변호사님, 이 사건 아무래도 법에 대해 잘 아는 놈이 설계해 준 것 같지 않습니까?"

"저도 그렇게 생각합니다. 사건 자체가 집행유예가 나올 수 있도록 설계해 준 게 분명합니다. 과거의 청계와 비슷한 느낌이 나거든요."

돈이나 전관의 문제가 아니다.

왕수왕이 손아령을 공격한 방식이 문제다.

왕수왕은 뒤로 넘어진 손아령의 배를 집중적으로 공격했다.

그는 그냥 화나서 발길질했다고 말했는데, 아무리 봐도 그건 아니었다.

"결국 그 덕분에 폭행 치상이 인정되지 않은 거지요."

판사나 검사도 분노라는 감정이 있는 사람이다.

만일 손아령이 다른 부위를 다쳤다면 비동의 낙태와 폭행 치상의 상상적경합범이 되었을 테고, 태중의 아이가 죽었는데 좋은 게 좋은 거라고 풀어 주지는 않을 것이다.

당연히 처벌이 더 강한 폭행 치상을 적용하여 처벌을 강화하려고 했을 것이다.

하지만 배만 공격해서 태아만 사망했고, 태아는 신체의 일부로 보지 않는 판례 덕분에 적용되는 것은 단순 폭행 아니면 비동의 낙태뿐.

"때리는 거야 있을 수 있는 일이지만 배만 노렸다는 건 확실히 이상하죠."

무태식은 노형진의 말에 동의했다.

"사람이 화나면 배만 공격하지 않지요. 애초에 배만 공격하는 게 쉬운 일도 아니고요."

사람이 공격당하면 몸을 웅크리는 이유가 뭔가?

배 속의 주요 장기를 보호하기 위해서다.

당연히 그런 경우 공격은 팔과 다리 그리고 등과 갈비뼈 등으로 가해지게 된다.

그건 본능이다.

하물며 임신 중인 여성이 공격당했을 때 필사적으로 배를 지키려고 하는 건 당연한 일.

그런데 다른 곳은 전혀 공격하지 않고 오로지 배만 공격했다?

그건 불가능하다. 누군가가 그렇게 공격하라고 하지 않았다면 말이다.

"사범태 변호사일까요?"

노형진은 혹시나 하는 가능성을 내밀었다.

일단 사범태가 왕수왕에게 의뢰를 받아서 변론을 진행하고 있는 것은 사실이니까.

"그럴 것 같지는 않습니다. 사범태가 그럴 이유가 없죠."

하지만 무태식은 부정적으로 말했다.

"사범태는 올해 첫 전관예우를 받는 시기입니다. 그런 그가 범죄 설계까지 해 줘 가며 움직일 이유는 없지요. 그는 부장판사 출신이고 전관의 시작인 시점이니, 누구의 사건을 받든 어마어마한 돈을 받을 겁니다."

그런데 그런 사람이 위험하게 범죄를 설계해 줄 이유는 없다.

"그러면 과거에 법무 법인 청계 출신일까요?"

"그건 불확실합니다. 청계 출신이 한두 명도 아니고."

더군다나 과거에 청계 출신이었던 사람들이 하나둘씩 출소하고 있는 상황이다.

물론 청계 자체는 완전히 박살이 났고 업계에서도 그곳에서 나온 사람들에 대해서 충분히 경계하고 있어서, 그들이 재기하는 것은 전혀 다른 문제이기는 하지만.

"아무리 봐도 그들 수법인데 그놈들이…… 잠깐만?"

노형진은 왠지 불안감이 밀려들었다.

청계와 싸운 것은 상당히 오래전 일이다.

그리고 노형진이 알기로는 대한민국 변호사들의 법체계에는 아주 심각한 문제가 있었다.

"잠깐만. 청계 관련 자료 좀 확인해 보시죠."

"하지만 청계는 이미 사라졌는데요. 설마 그들 중 일부가 박운방의 집에 붙어서 일하고 있다고 생각하시나요? 하긴, 출소한 지 좀 된 사람도 있을 테니까요."

"그것보다는 좀 더 심각하게 받아들여야 할 사안인 것 같습니다."

"무슨……?"

노형진은 컴퓨터에서 청계 사건을 불러와 그 당시 변호사들의 이름과 사진을 확인했다.

그리고 대한민국 변호사협회에 들어가서 이름을 검색하고는 머리를 부여잡았다.

"씨발, 환장하겠네, 진짜. 욕이 안 나올 수가 없네."

"어떻게 된 겁니까, 이거? 이놈들 분명 변호사 자격이 박탈된 걸로 알고 있는데요?"

무태식은 노형진의 행동에 뭔가 이상하다고 생각해서 다가와 사진을 확인하고는 눈을 찡그렸다.

늙기는 했지만 청계 자료에 들어가 있는 놈들이 버젓이 변호사 타이틀을 걸고 사무실을 오픈하고 있었다.

"대한민국 법률계의 고질적인 문제죠."

"고질적인 문제요?"

"우리 새론이야 그런 일이 없었으니까요. 하지만 변호사법에 그런 규정이 있지 않습니까?"

원래 변호사는 범죄행위를 하거나 처벌받거나 하는 경우 그 자격이 박탈된다. 그게 정상이다.

실제로 청계 출신들 중 상당수가 그렇게 변호사 자격이 박탈되었다.

"하지만 나중에 시간이 지나면 이의 신청을 통해 변호사 자격을 살릴 수 있습니다."

"그렇군요. 아, 맞아요. 변호사법 5조가 그런 내용이었지요?"

"범죄와 전혀 상관없는 우리 새론이나 하늘 같은 경우는 신경 쓰지 않을 조항이지요."

하지만 변호사 자격이 박탈된 변호사라면 이야기가 다르다.

쉽게 표현하면, 변호사법 5조는 특정 상황에서 변호사 자격이 박탈된다는 내용이다.

그런데 이게 참 애매하다.

분명 박탈 조건에 대한 조항인데 그 조건에 변호사가 될 수 없는 기간이 포함되어 있다.

이게 무슨 말이냐면, 의사와 마찬가지로 영구적으로 변호사의 자격을 정지시키는 건 불가능하다는 소리다.

가령 5조 1항에는 금고 이상의 형을 받은 자는 확정 후 5년이 지나지 않으면 변호사가 될 수 없다고 되어 있다.

이 말인즉슨, 5년이 지나면 자격 구제를 신청해서 다시 변호사가 될 수 있다는 뜻이다.

원래는 완벽하게 진입을 막아야 하지만, 애초에 권력을 가진 게 변호사들이다 보니 국회의원들과 짝짜꿍이 맞아서 이따위 법을 만든 것이다.

짧으면 2년, 길어 봐야 5년만 지나면 박탈당한 변호사 자격을 다시 살릴 수 있는 셈이다.

"5년이라……. 그렇군요, 지금쯤이면 청계의 핵심 인물들이 형을 확정받고 5년은 지났을 테니."

물론 그들이 이제 와서 청계를 재건한다는 건 불가능하다.

그때 그들은 부자나 권력자의 범죄를 설계해 주고 그걸 약점으로 잡아 어둠의 권력자로서 정재계를 쥐고 흔들 계획이었지만, 노형진의 공격으로 무너지면서 그 당시 증거들이 흘러 나갔고 그들이 살기 위해 권력자들을 쥐고 흔들면서 속셈이 다 드러나는 바람에 빠르게 손절당해 버렸으니까.

그런데 이제 와서 그들이 청계를 재건한다고 한들 누가 그들에게 사건을 맡기거나 하지는 않을 것이다.

"하지만 돈을 주고 사건을 설계해 주는 건 전혀 다른 문제이지요."

노형진은 떡하니 박혀 있는 변호사의 사진을 보면서 쓰게 웃었다.

"이번 사건은 전형적인 유전 무죄 무전 유죄 형식이기도 하지만 동시에 전형적인 법을 이용한 함정이기도 합니다. 일반 변호사라면 법을 이용해서 이런 짓을 할 생각은 하지 않지요."

사건만 본다면 누군가 이렇게 하라고 조언해 준 건 확실한 상황. 그리고 그건 아마 청계 출신인 놈일 가능성이 높다.

"그나마 다행인 건 거래 대상이 그다지 많지는 않다는 건데."

청계 출신이 엄청나게 많은 것은 사실이나 그들이 모두 범죄 설계에 가담하지는 않았다.

도리어 그런 사람의 숫자는 극도로 적었다.

당연히 그중에는 감옥에 갔다 와서 복귀한 놈도 있고 안한 놈도 있다.

"그리고 우리가 청계 출신들에게 충분한 설득 과정을 거쳤다고 생각합니다만?"

말이 좋아서 설득이지 사실상 범죄 설계 같은 짓거리를 또하면 어떻게 해서든 모가지를 날려 버리겠다는 협박이었고, 실제로 그럴 능력이 되는 게 새론과 노형진이다.

물론 일부는 그 말을 무시하고 범죄 설계를 해 줬지만 노형진에게 발각되어서 다시 감옥으로 갔을 뿐만 아니라 민사소송까지 당해서 완전히 몰락해 버렸다.

"그걸 모르는 최근 놈일 가능성이 높지요."

노형진은 명단을 살펴보다가 한 놈을 지목했다.

"이 사람 아닐까요?"

노형진이 가리킨 사람은 오성악이라는 자였다.

사람 좋은 미소를 지으면서 웃고 있는 사진 아래에는 약력이 있었다. 하지만 그곳에는 청계에서 이사급으로 무려 7년간이나 있었다는 이력이 빠져 있었다.

"7년이나 이사급으로 있었는데 그걸 뺐다? 확실히 수상하기는 하네요."

법무 법인은 일반 기업들과 다르게 운영된다.

직급이 없는 것은 아니지만 그렇다고 해도 기본적으로 각변호사들은 평등하게 보는 게 일반적이다.

그럴 수밖에 없는 게, 직급이 생기고 위의 명령에 복종하게 되면 법률의 공정성에 문제가 생기기 때문이다.

당장 검사도 기소에 관해서는 자기 마음대로 할 수 있고, 판사 또한 대법원장이라고 할지라도 하급심 판사의 판결을 터치할 수는 없다.

물론 명목상의 핑계일 뿐이라고 해도 그게 전통이고 변호사도 그러한 부분을 중요하게 여긴다.

그래서 일반적으로 로펌에서 이사급이나 부장급 등의 고위 관계자가 되는 경우는 그들이 능력이 좋아서라기보다는 전관 출신이거나 해서 정치적 파워가 어마어마하거나 투자금을 많이 내놓았을 경우다.

그래서 김성식도 대표가 될 수 있었던 것이다.

송정한이 물러난 후 전관 출신이라는 점과 그 당시 성장세였던 새론에 적지 않은 돈을 투자했기 때문이다.

"약력에 7년이나 공백이 생길 정도면 상당히 심각한 문제일 텐데 그걸 빼는군요."

"그만큼 청계에 대해 업계에서 부정적이라고 생각하니까요."

단순히 노형진과 새론에서 견제해서 그런 게 아니다.

변호사에게 중요한 건 믿음인데, 청계 출신들은 그 믿음을 박살을 내 버렸다.

사건을 진행하면서 믿음을 줘야 하는데 판사에게 '저 변호사가 청계 출신입니다.'라고 상대방 변호사가 지적하면 판사 입장에서는 혹시 청계 출신이 사건을 조작한 게 아닌가 하는 합리적 의심을 불러일으킬 수 있다.

실제로 노형진이 몇 번 써먹었고 그때마다 청계 출신들은 질색했다.

"거기다, 보면 아시겠지만 지금 저 사람은 개인 변호사예요."

청계 출신의 이사급을 받아 줄 로펌은 당연히 없었고, 그는 변호사 자격이 되살아나기는 했지만 대형 로펌에 들어가지는 못하고 개인 변호사를 하고 있는 상황이었다.

"거리로 봐서도 가장 적당하고요."

박운방 가족의 주거지에서 상당히 가까운 곳에 변호사 사무실을 차린 경우였다.

"가능성이 높기는 한데 확인할 방법이 없네요."

무태식은 안타깝게 말했다.

하지만 노형진은 다르게 생각했다.

"아니요. 제가 봐서는, 가서 물어보면 대답해 줄 것 같은데요."

"자기가 범죄를 설계해 줬다고 인정할 거란 말입니까?"

"그건 아닐 겁니다. 하지만 조언은 불법이 아니지 않습니까?"

법률적인 조언은 변호사에게 있어서 기본적인 업무다.

그게 불법적인 행동으로 이어진다 해도 그 책임은 그 당사자가 지게 된다.

"애초에 청계 놈들이 제대로 처벌받지 않은 이유가 뭡니까?"

"하긴, 그건 그러네요."

만일 적극적으로 나서서 도움을 주거나 사람을 보내 주거나 하라고 시켰다면 종범이나 방조범, 아니면 공범으로 처벌받을 테지만, 그게 아니라 법률적 조언을 해 준 것을 개인이 실행했을 뿐이라면 그건 불법이 될 수가 없다.

"그걸 그냥 이야기해 줄까요?"

노형진은 씩 웃었다.

"그냥은 안 해 주겠지요. 하지만 하기 싫어도 하게 하면 되지 않겠습니까? 후후후."

"어떻게 말입니까? 협박이라도 하시려고요? 저쪽도 변호사입니다."

이쪽에서 협박하면 그걸 걸고넘어질 수도 있는 일이다.

"뭐, 말로만 협박하지 않으면 되지요."

"네?"

"때때로는 존재 자체가 협박이 되는 사람이 있지요."

노형진은 그렇게 말하면서 자신을 가리켰다.

"바로 저처럼 말입니다, 후후후."

⚖

오성악 변호사는 땀을 뻘뻘 흘렸다.

출소한 후에 조용히 숨어 지냈다고 생각했다.

그래서 대형 로펌도 들어가지 않고 새론과 상관없는 곳에 작게 개인 변호사 사무실을 오픈해서 운영하고 있었다.

'그런데 왜 여기에 노형진이 찾아온 거야!'

이미 전 동료였던 사람들에게서 노형진이 찾아오면 도망가는 것 말고는 답이 없다는 사실을 들어서, 오성악은 죽고 싶었다.

돈을 벌기는커녕 직원 월급도 주지 못하고 있는 상황인데 날벼락이 떨어진 셈이었다.

"그래서 오 변호사님, 오랜만에 뵙습니다. 출소하셨으면 연락하지 그러셨어요."

"하하하하."

노형진의 말에 그는 웃을 수밖에 없었다.

네가 나를 감옥에 넣은 거 아니냐고 따지기에는 노형진이 너무 무서웠다.

청계가 건재할 때라면 그나마 회사 이름으로라도 개겨 봤겠지만 이제는 그것마저 불가능한 상황.

그때도 어떻게 할 수가 없었는데, 지금은 더 이상 손댈 수조차 없는 상황이 되어 버렸다.

"저를 왜 찾아오신 건지?"

오성악은 조심스럽게 노형진에게 물었다. 자신보다 훨씬 어린 걸 알지만 심기를 거스르지 않기 위해서였다.

"혹시 말입니다, 박운방이라고 아십니까?"

"모릅니다."

일단은 부정. 하지만 그 부정에 노형진은 씩 웃었다.

"알겠습니다. 뭐, 그렇게 나오시겠다면야."

노형진은 자리에 일어나면서 조용히 말했다.

"아 참, 사건을 의뢰받을 때 변호사법 위반 사항을 고지하지 않았다면 계약 해지 사유가 되는 거 아시죠?"

그 말에 오성악은 침을 꿀꺽 삼켰다.

지금 그에게 사건을 맡긴 사람들은 그가 청계 출신이라는 건 모른다.

게다가 사실 출신은 문제가 안 된다.

하지만 변호사법 위반으로 처벌받은 사람에게 과연 사건을 맡기려고 할까?

"자, 잠깐만요. 그게…… 어…….."

오성악은 고민했다. 이야기해 주자니 왠지 꺼림칙하고, 입다물고 버티자니 노형진이 무슨 짓을 할지 두려웠으니까.

'뭐, 그렇겠지.'

노형진은 오성악이 어떤 고민을 할지 누구보다 잘 알고 있었다.

물론 그런 고민을 덜어 줄 생각도 있었다.

"뭐, 충분한 대가를 원하신다면."

턱 하니 지폐 뭉치를 책상에 올리는 노형진.

그러자 오성악의 눈빛이 떨렸다.

안 그래도 돈이 다급한데, 보이는 뭉치는 5만 원권 다발이다.

즉, 500만 원.

'돈과 권력 때문에 범죄 설계하던 놈들이 돈이 싫다고 할 리가 없지.'

분명 오성악은 흔들리고 있었다.

하지만 여전히 고민하는 눈치다.

"아무래도 변호사의 비밀 유지 의무가……."

"그건 사건을 수임한 경우에 해당되지요. 단순히 법률적인 조언만 한 거라면 해당되지 않을 텐데요?"

"그건……."

"아니면 사건을 수임하셨다거나, 혹시나……."

'혹시나'라는 말에 오성악은 다급하게 손을 내저었다.

"아닙니다. 절대 아닙니다. 이제는 안 합니다."

"아, 그렇지요? 그러면 단! 순! 한! 법률적 조언일 뿐이지요?"

"어, 음…… 네, 단순한 법률적 조언입니다."

오성악은 바로 눈치 빠르게 넘어왔다. 노형진의 말대로 단순한 법률적 조언은 위법할 수가 없으니까.

다만 그걸 실행한 놈이 나쁜 놈일 뿐이다.

"그래서, 그 단순한 법률적 조언이 뭔지 궁금한데요."

노형진의 말에 오성악은 조심스럽게 기억을 더듬는 척했다.

그러자 노형진은 턱 하니 5만 원짜리 지폐 뭉치 하나를 더 올렸다.

"삶은 무게가 늘어나는 만큼 책임도 늘어나지요."

더 이상 욕심부리지 말라는 말이었고, 오성악은 순순히 자신이 했던 소위 말하는 법률적 조언을 이야기해 줬다.

"제가 해 줬던 것은 그 재산상속과 친자 확인 소송에 관한 이야기였던 것 같네요."

"그리고요?"

"그리고…… 그러니까, 아, 맞아요. 아이가 죽는 경우는 어떻게 되느냐는 질문을 하길래, 그러면 당연히 모든 게 소멸된다고 이야기해 줬지요."

"낙태 관련해서 질문하던가요?"

"낙태 관련해서, 네, 질문이 있었습니다."

아마 자세한 말은 하지 않지만 그 낙태에 관련된 설명 중에는 비동의 낙태죄에 대한 설명도 들어가 있었을 것이다.

'제대로 물은 것 같군.'

정상적인 변호사라면 그런 조언을 해 줄 리 없지만 오성악이 정상적인 변호사는 아니니까.

"좋습니다. 제가 궁금한 건 다 해결된 것 같군요."

오성악이 박운방에게 그런 걸 설명해 줬다면 박운방이 왕수왕을 고용해서 범죄를 저지르게 했을 가능성이 아주 크다.

"앞으로는 그런 좋지 않은 조언은 하지 않으시는 게 좋을 것 같습니다."

노형진은 나오면서 차갑게 말했고, 오성악은 격하게 고개를 끄덕거렸다.

노형진의 레이더에 걸린 마당에 또 그런 짓거리를 하다가 걸리면 감옥에 다시 갈 뿐만 아니라 재기는 꿈도 못 꾸게 될 게 뻔하기 때문이다.

노형진은 오성악의 변호사 사무실에서 나와서 기다리고 있던 차에 올라탔다.

그러자 차에서 기다리던 오광훈이 노형진에게 다급하게 물었다.

"그래서 뭐래?"

"맞는 것 같다. 아무래도 오성악이 조언해 준 모양이야."

"역시나 그랬어? 이런 개새끼!"

당장 튀어 나가서 오성악을 잡으려고 하는 오광훈을 노형진이 잡아서 다시 운전석에 앉혔다.

"네가 가서 따진다고 해서 방법이 생기는 건 아니야. 재판에 들어가 봐야 무혐의로 풀려나. 애초에 변호사의 법률적 조언일 뿐이라고 하면 뭐라고 할 건데?"

"끄응."

"잘 감시하다가 나중에 뭔가 실수하면 그때 잡아넣어. 지금은 아니야. 지금 중요한 건 왕수왕과 박운방을 한꺼번에 엮어 버리는 거야."

"하지만 그게 방법이 없잖아. 솔직히 왕수왕은 지금도 자기 단독 범행이라고 우기고 있다고. 돈의 출처를 파고들어도, 자신이 빌린 거라고 이야기하고 있고."

"그게 문제이기는 한데."

노형진은 조용히 말했다.

"왕수왕만 어떻게 요리하면 될 것 같은데 말이지. 털 게 없네."

현대사회의 공포라는 건 기본적으로 자신이 잃어버릴 것에 대한 두려움이다.

그런데 왕수왕 같은 경우는 그게 없다.

집안에서도 내놓은 자식이고, 행동으로 보면 감옥에 가는 걸 두려워하는 타입도 아니다.

그의 말을 들어 보면 도리어 범죄 사실을 자랑스러워하고 주변에서 그를 두려워하는 것을 즐기고 있다.

"이런 경우는 내가 아무리 겁을 줘도 까딱 안 할 거란 말이지."

형사처벌이야 아마도 그쪽 변호사가 이미 집행유예일 거라고 다 이야기해 놨을 테고 실제로 그럴 가능성이 높으니까.

"그놈을 조질 방법이 필요한 거야?"

"뭘 하든 박우방에 관한 진술을 하게 해야 하니까. 지금 상황에서는 안 하겠지."

왕수왕이 공탁금과 변호사비만 받고 일을 해 주지는 않았을 것이다.

당연히 현금으로 보상금을 받아서 감춰 두었을 가능성이 크다.

"뭐야? 그게 문제였어?"

"당연히 그게 문제지."

"그러면 내가 그거 해결하면 되냐?"

"응? 뭔 소리야? 네가 그걸 어떻게 해결해?"

오광훈의 말에 노형진은 눈을 찡그리면서 물었다.

자신도 완전히 막 나가는 놈들을 통제하는 건 쉽지 않다. 그런데 오광훈이 그런 왕수왕을 컨트롤한다?

"하하하, 걱정하지 마. 그놈은 내가 컨트롤할 수 있으니까."

좋은 생각이 난 듯 오광훈이 웃자, 노형진의 마음속에서는 왠지 그가 해결할 수 있을지도 모른다는 근거 없는 기대감이 피어올랐다.

다음 권으로 이어집니다

ROK MEDIA
로크미디어
One for all
원포올
일라잇 스포츠 장편소설
작렬하는 슛, 대지를 가르는 패스
한계를 모르는 도전이 시작된다!
축구 선수의 꿈을 품은 이강연
냉혹한 현실에 부딪혀 방황하던 중
운명과도 같은 소리가 귓가에 들어오는데……
당신의 재능을 발굴하겠습니다!
세계로 뻗어 나갈 최고의 축구 선수를 키우는
'One For All' 프로젝트에, 지금 바로 참가하세요!
단 한 번의 기회를 잡기 위해
피지컬 만렙, 넘치는 재능을 가진 경쟁자들과
최고의 자리를 두고 한판 승부를 벌인다!
실력만이 모든 것을 증명하는
거친 그라운드에서 당당히 살아남아라!

꿈의 도약, 로크에서 하십시오
(주)로크미디어에서 신인 작가를 모십니다

즐거운 세상, 로크미디어는 꿈을 사랑하고 도전을 두려워하지 않는 작가 분들의 참신한 작품을 기다리고 있습니다. 21세기 장르 문학계를 이끌어 갈 차세대 선두 주자 (주)로크미디어에서 여러분의 나래를 활짝 펴 보시길 바랍니다.

모집 분야 판타지와 무협을 포함한 장르 문학
모집 대상 아마추어 작가, 인터넷 작가
모집 기한 수시 모집
작품 접수 시 유의 사항

    1. 파일명은 작가명_작품명.hwp형식을 갖춰 주십시오.
    1. 파일에 들어갈 내용은 다음과 같습니다.
        − 성명(필명인 경우 실명을 밝혀 주세요), 연락처, 이메일 주소
        − 제목, 기획 의도
        − A4용지 1장 분량의 등장인물 소개
        − A4용지 2장 분량의 전체 줄거리
        − 본문
    1. 작품이 인터넷에 연재되고 있다면, 게시판명과 사이트의 구체적이고 정확한 주소를 기재해 주십시오.

선택된 작품은 정식 계약 후 출판물로 간행되어 전국 서점에 유통됩니다.
작가 분은 (주)로크미디어의 전폭적인 지원하에 전속 작가로 활동하시게 됩니다.
※ 자세한 내용은 로크미디어 홈페이지(rokmedia.com)를 참조하세요.

(03920)서울시 마포구 성암로 330 DMC첨단산업센터 3층 318호
(주)로크미디어 편집부 신간 기획 담당자 앞
전화 : 02) 3273-5135
www.rokmedia.com   이메일 : rokmedia@empas.com

만렙닥터

13월생 현대 판타지 장편소설

리턴즈

인생 2회 차 경력직 신입
칼솜씨도, 인성도 '만렙'인 의사가 돌아왔다!

만성 인력난에 시달리는 흉부외과에 들어온 인턴
메스도 잡아 본 적 없는 주제에
죽을 생명을 여럿 살려 내기 시작한다?

"이 새끼, 꼴통 맞네."
"죄송합니다."
"잘했어!"
"네?"

출세만을 좇으며 살았던 전생
이렇게 된 이상 인생도 재수술 한번 가자!

무데뽀(?) 정신으로 무장한 회귀 의사
이제부터 모든 상황은 내가 집도한다!

南魔宮帝 남궁마제

문운도 신무협 장편소설

회귀한 뇌왕, 가족을 지키기 위해
정파의 중심에서 제대로 흑화하다!

세상을 뒤집으려는 귀천성에 맞서 싸우다
가족을 모두 잃고 제물로 바쳐진 뇌왕 남궁진화
마지막 순간 원수의 뒤통수를 치고 죽으려 했으나
제물을 바치는 진법이 뒤틀리며 과거로 회귀하다!?

남궁세가의 양자가 된 어린 시절로 돌아온 후
귀천성이 노리는 자신의 체질을 연구하다 기연을 얻고
회귀 전과 다른 엄청난 미모와 함께
뇌전의 비밀마저 알아내 경지를 뛰어넘는데……

가족들에게는 꽃처럼 사랑스러운 막내지만
적이라면 일단 패고 보는 패악질의 끝판왕!
귀천성 때려잡기에 나서다!